Châteaux de la colère

Du même auteur
Aux Editions Albin Michel

SOIE

Alessandro Baricco

Châteaux de la colère

ROMAN

Traduit de l'italien
par Françoise Brun

Ouvrage publié avec le concours
du Centre national du Livre

Albin Michel

« LES GRANDES TRADUCTIONS »

Titre original italien :

CASTELLI DI RABBIA

© RCS Rizzoli Libri S.p.A., Milan, 1991
R.C.S. Libri & Grandi Opere S.p.A., Milan, 1994

Traduction française :
© Éditions Albin Michel S.A., 1995
22, rue Huyghens, 75014 Paris

ISBN 2-226 07879-7
ISSN 0755-1762

À Karine, de loin

Und wir, die an steigendes Glück...

Un

1

— ALORS, y a personne ici ?... BRATH !... Bon Dieu, y sont tous devenus sourds là-dedans... BRATH !...

— Crie pas, tu vas t'faire mal à crier comme ça, Arold.

— Où diable étais-tu fourré... ça fait une heure que j'suis là à...

— Ton cabriolet il part en morceaux, Arold, tu devrais pas circuler avec...

— Laisse donc mon cabriolet et prends plutôt ce truc, là...

— Qu'est-ce que c'est ?

— J'en sais rien ce que c'est, Brath... comment je peux savoir moi... c'est un paquet, un paquet pour madame Reihl...

— Pour madame Reihl ?

— Il est arrivé hier soir... Il a l'air de venir de loin...

— Un paquet pour madame Reihl...

— Bon, tu le prends oui Brath ? Je dois retourner à Quinnipak avant midi...

— Okay, Arold.

— Pour madame Reihl, oublie pas...

— Pour madame Reihl.

— C'est bien... fais pas de conneries, Brath... et viens te montrer en ville de temps en temps, tu finiras par pourrir, à toujours rester là...

— T'as un cabriolet qui fait honte à voir, Arold...

— À un de ces jours, okay ? Allez hue, mon mignon, hue... À un de ces jours, Brath !

— Moi j'irais pas aussi vite avec ce cabriolet, EH, AROLD, MOI J'IRAIS PAS AUSSI VITE AVEC CE... Il devrait pas aller aussi vite avec ce cabriolet. Honte à voir. Y fait honte à voir son cabriolet...

— M'sieur Brath...

— ... rien que de le regarder y s'écroule...

— M'sieur Brath, je l'ai trouvée... j'ai trouvé la corde...

— Bravo, Pit... mets-la ici, mets-la dans la charrette...

— ... elle était au milieu du grain, on la voyait pas...

— C'est bien, Pit, mais viens ici maintenant... pose-moi cette corde et viens ici mon garçon... j'ai besoin que tu remontes à la maison tout de suite, t'as compris ? Tiens, prends ce paquet. Cours chercher Magg et donne-z-y. Écoute... Dis-lui que c'est un paquet pour madame Reihl, okay ? Tu lui dis : c'est un paquet pour madame Reihl, il est arrivé hier soir et il a l'air de venir de loin. T'as bien compris ?

14

— Oui.

— C'est un paquet pour madame Reihl...

— ... il est arrivé hier soir et... et il vient de...

— ... et il a l'air de venir de loin, tu dois le dire comme ça...

— ... de loin, okay.

— C'est bien, cours... et en courant tu te le répètes, comme ça t'oublieras pas... allez, va, mon garçon...

— Oui, m'sieur...

— Répète-le tout haut, c'est un bon système.

— Oui, m'sieur... C'est un paquet pour madame Reihl, il est arrivé hier soir et... il est arrivé hier soir et... et il a l'air...

— COURS, PIT, J'T'AI DIT DE COURIR !

— ... et il a l'air de venir de loin, c'est un paquet pour madame Reihl, il est arrivé hier et il a l'air... de venir de loin... c'est un paquet pour... madame Reihl... pour madame Reihl, il est arrivé hier soir... et il a l'air... il a l'air... l'a l'air de venir de loin... c'est un pa.... c'est un paquet pour madame....... il est arrivé de loin, non, hier, il est arrivé....... arrivé....... hier.......

— Eh, Pit, le démon t'aurait pas mordu, des fois ? Où tu te sauves comme ça ?

— Salut, Angy... il est arrivé hier... je cherche Magg, tu l'as vue ?

— Elle est en bas, dans les cuisines.

— Merci, Angy... c'est un paquet pour madame Reihl... il est arrivé hier... et il a l'air... et il a l'air de venir de loin....... de loin..... de loin..... c'est un

15

paquet..... B'jour, m'sieur Harp !... pour madame Reihl... il est arrivé... et il a l'air... il est arrivé hier et il a l'air....... c'est un paquet, c'est un paquet pour madame... pour madame Reihl... et il a l'air de venir... Magg !

— Qu'est-ce qui t'arrive, petit ?

— Magg, Magg, Magg...

— Qu'est-ce que t'as dans les mains, Pit ?

— C'est un paquet... c'est un paquet pour madame Reihl...

— Fais voir...

— Attends, c'est un paquet pour madame Reihl, il est arrivé hier et...

— Bon, alors Pit...

— ... il est arrivé hier et...

— ... il est arrivé hier...

— ... il est arrivé hier et il a l'air lointain, voilà.

— L'air lointain ?

— Oui.

— Fais voir ça, Pit... L'air lointain... c'est juste qu'il est tout plein d'écritures, tu vois ?... et je crois même que je sais d'où il vient, moi... Regarde, Stitt, il est arrivé un paquet pour madame Reihl...

— Un paquet ? Fais voir, c'est lourd ?

— Il a l'air lointain.

— Tais-toi donc, Pit... c'est léger... léger... qu'est-ce t'en dis, Stitt, ça a-t-y pas tout l'air d'être un cadeau ?...

— Va savoir, c'est peut-être bien de l'argent... ou peut-être que c'est une blague...

— Tu sais où elle est, la patronne ?

16

— Je l'ai vue qui s'en allait vers sa chambre...

— Écoute, tu restes ici, moi je monte un instant...

— Je peux venir aussi, Magg ?

— D'accord, Pit, mais presse-toi... je reviens tout de suite, Stitt...

— C'est une blague, pour moi c'est une blague...

— Vrai que c'est pas une blague, hein Magg ?

— Va savoir, Pit.

— Tu le sais mais tu veux pas le dire, hein ?

— Peut-être bien que je le sais mais je te le dirai pas... ferme donc la porte...

— Je le dirai à personne, j'te jure que je le dirai pas...

— Tais-toi, Pit... plus tard, tu le sauras toi aussi, tu verras... et peut-être bien qu'il va y avoir une fête...

— Une fête ?

— Ou quelque chose comme ça... Si là-dedans il y a ce que je pense, demain ça sera un jour spécial... ou peut-être après-demain, ou peut-être dans quelques jours... mais y aura un jour spécial...

— Un jour spécial ? Pourquoi un jour spé...

— Chut ! reste là, Pit. Tu bouges pas d'ici, d'accord ?

— D'accord.

— Tu bouges pas......... Madame Reihl... excusez-moi, madame Reihl....

Alors, alors seulement, Jun Reihl leva la tête de

17

l'écritoire et tourna son regard vers la porte fermée. Jun Reihl. Le visage de Jun Reihl. Quand les femmes de Quinnipak se regardaient dans un miroir, elles pensaient au visage de Jun Reihl. Quand les hommes de Quinnipak regardaient leurs femmes, ils pensaient au visage de Jun Reihl. Les cheveux, les pommettes, la peau très blanche, le pli des yeux de Jun Reihl. Mais plus qu'à toute autre chose — qu'elle soit en train de rire ou de hurler ou de se taire ou simplement qu'elle soit là, comme en attente —, à la bouche de Jun Reihl. La bouche de Jun Reihl ne te laissait pas en paix. Elle te transperçait les rêves, tout simplement. Elle poissait tes pensées. « Un jour, Dieu dessina la bouche de Jun Reihl. C'est alors qu'il lui vint cette idée tordue du péché. » Ainsi racontait Ticktel, qui s'y entendait en théologie puisqu'il avait été cuisinier dans un séminaire à ce qu'il disait, dans une prison disaient les autres, imbéciles c'est la même chose disait Ticktel. Jamais on ne pourrait arriver à le dessiner, disaient-ils tous. Le visage de Jun Reihl, évidemment. Il était dans les rêves de chacun. Et, à ce moment précis, là également — là surtout —, tourné vers la porte fermée, parce que ce visage, l'instant d'avant penché sur l'écritoire, s'était relevé pour regarder la porte fermée et dire

— Je suis là.
— Il y a un paquet pour vous, madame.
— Entre, Magg.
— Il y a un paquet... il est pour vous...

— Fais voir.

Jun Reihl se leva, prit le paquet, lut son nom écrit à l'encre noire sur le papier marron, retourna le paquet, leva les yeux en l'air, ferma un instant les paupières, les rouvrit, regarda à nouveau le paquet, prit le coupe-papier sur l'écritoire, coupa la ficelle qui maintenait le tout, ouvrit le papier marron et dessous il y avait un papier blanc.

Magg fit un pas en arrière en direction de la porte.

— Reste, Magg.

Elle ouvrit le papier blanc, qui enveloppait un papier rose, qui empaquetait une boîte violette, dans laquelle Jun Reihl trouva une petite boîte recouverte de tissu vert. Elle l'ouvrit. Elle regarda. Rien dans son visage ne bougea. Elle referma la boîte. Alors elle se tourna vers Magg, lui sourit et lui dit

— Monsieur Reihl va rentrer.

Juste ça.

Et Magg courut en bas avec Pit pour dire *monsieur Reihl va rentrer* et Stitt répéta *monsieur Reihl va rentrer*, et dans toutes les pièces on entendait chuchoter *monsieur Reihl va rentrer*, jusqu'à ce que quelqu'un se mît à crier par une fenêtre *monsieur Reihl va rentrer*, et la rumeur courut alors à travers champs, *monsieur Reihl va rentrer*, d'un champ à l'autre, jusqu'à la rivière en bas où l'on entendit une voix hurler si fort *monsieur Reihl va rentrer* que dans la fabrique de verre quelqu'un se tourna vers son voisin pour lui chuchoter *monsieur Reihl va rentrer,* et ce fut bientôt sur les lèvres de tous, malgré le bruit des fours qui obligeait évidemment à élever la voix pour se faire entendre, *Qu'est-ce que t'as dis ? Monsieur Reihl va rentrer,* dans un beau crescendo général qui finit par faire comprendre au dernier des ouvriers, par ailleurs un peu sourd, ce qui se passait, en lui tirant dans l'oreille une salve qui disait *monsieur Reihl va rentrer, Ah, monsieur Reihl va rentrer,* une explosion, en somme, qui résonna sans doute très haut dans le ciel et dans les yeux et dans les pensées puisque, pas très longtemps après, à Quinnipak même, on vit Ollivy arriver en courant, descendre de cheval, rater son atterrissage, faire un roulé-boulé, insulter Dieu et la Madone, récupérer son chapeau et, le cul dans la boue, murmurer — d'une voix très basse, comme si la nouvelle s'était brisée dans sa chute, dégonflée, pulvérisée —, murmurer comme pour lui-même :

— Monsieur Reihl va rentrer.

De temps en temps, monsieur Reihl rentrait. Cela se produisait en général un certain temps après qu'il était parti. Ce qui témoignait bien de l'ordre intérieur, psychologique, et, pourrait-on dire, moral du personnage. À sa manière, monsieur Reihl aimait l'exactitude.

Ce qui était moins facile à comprendre, c'était pourquoi, de temps en temps, il partait. Il n'y avait jamais de vraie raison, de raison plausible, pour qu'il parte, ni de saison ou de jour ou de circonstance particulière. Il partait, un point c'est tout. Il passait des journées à faire des préparatifs, des plus importants aux plus insignifiants, voitures, lettres, chapeaux, valises, l'écritoire de voyage, l'argent, les testaments, ce genre de choses, faisant et défaisant, la plupart du temps avec le sourire, comme toujours, mais avec l'alacrité patiente et désordonnée d'un insecte brouillon pris dans une sorte de rituel domestique qui aurait pu durer éternellement, sauf que cela finissait à la fin des fins par une cérémonie prévue et nécessaire, une cérémonie minuscule, à demi perceptible et totalement intime : il éteignait la lampe, Jun et lui demeuraient dans le noir, en silence, l'un près de l'autre dans le grand lit posé en équilibre sur la nuit, Jun laissait glisser quelques instants de néant, puis elle fermait les yeux et au lieu de dire

— Bonne nuit,

elle disait

— Quand pars-tu ?

— Demain, Jun.

Le lendemain, il partait.

Où allait-il, personne ne le savait. Pas même Jun. Certains prétendent que lui non plus ne le savait pas vraiment : et ils en veulent pour preuve ce fameux été où il partit le matin du 7 août et revint le soir du lendemain, avec ses sept valises intactes et la tête de celui qui fait la chose la plus normale du monde. Jun ne lui demanda rien. Et il ne dit rien non plus. Les domestiques défirent les valises. La vie, après un instant d'hésitation, se remit en marche.

D'autres fois, il faut le reconnaître, il était capable de rester absent pendant des mois. Ce qui ne faisait pas bouger d'un millimètre une de ses habitudes les plus enracinées : ne jamais donner fût-ce la moindre nouvelle de lui. Il disparaissait, littéralement. Pas une lettre, rien. Jun le savait, et elle ne perdait pas son temps à attendre.

Les gens, qui en général aimaient bien monsieur Reihl, pensaient qu'il s'en allait pour affaires.

— C'est à cause de la fabrique de verre qu'il doit s'en aller là-bas.

Ils disaient ça. Où était ce *là-bas,* la chose demeurait vague, mais du moins était-ce une bribe d'explication. Sans compter qu'il y avait aussi un peu de vrai.

De temps en temps, en effet, monsieur Reihl s'en revenait avec de curieux et mirifiques contrats : 1 500 verres en forme de chaussures (destinés à rester invendus dans les vitrines de la moitié de l'Europe), 820 mètres carrés de verre coloré (sept couleurs) pour les nouveaux vitraux de l'église Saint-Just, une jarre d'un diamètre de 80 centimètres pour les jardins de la Maison Royale, etc. Et il ne faut pas oublier que ce fut précisément au retour d'un de ses voyages que monsieur Reihl, sans même ôter de ses habits la poussière de la route et sans pratiquement saluer quiconque, dévala les prés jusqu'à la fabrique, et à l'intérieur de la fabrique courut jusqu'au cagibi d'Andersson et, le regardant très exactement dans les yeux, lui dit

— Écoute-moi, Andersson... s'il fallait faire une plaque de verre, mais qu'il fallait la faire grande, tu vois ? vraiment grande... le plus grande possible... et surtout... fine... très grande et très fine... combien crois-tu qu'on pourrait la faire grande ?

Le vieil Andersson était là, avec dans les yeux les comptes pour la paie des ouvriers. Il n'y comprenait rien. Lui qui était un génie absolu pour tout ce qui avait un rapport avec le verre, ces histoires de paie il n'y comprenait rien. Il errait d'un chiffre à un autre dans une stupeur stupéfiée. Si bien qu'en entendant parler de verre, il se laissa aussitôt emporter par l'hameçon, comme un poisson exténué qu'on tire de son océan, océan de paies, océan de chiffres.

— Ben, peut-être un mètre, une plaque d'un mètre sur trente, comme celle qu'on a faite pour Denbury...

— Non, Andersson, plus grande... vraiment la plus grande que tu puisses imaginer...

— Plus grande encore ? Ben, on pourrait faire plein d'essais, et si on pouvait se permettre d'en casser des dizaines, peut-être qu'à la fin on arriverait à en faire une vraiment grande, deux mètres peut-être... peut-être même plus, disons deux mètres sur un mètre, un rectangle de verre de deux mètres de long...

23

Monsieur Reihl se laissa aller contre le dossier de sa chaise.

— Tu sais quoi, Andersson ? J'ai trouvé un système pour la faire trois fois plus grande que ça.

— Trois fois plus grande ?

— Trois fois.

— Et qu'est-ce qu'on va en faire d'une plaque trois fois plus grande ?

Voilà ce qu'il lui dit, le vieux : on va en faire quoi, lui dit-il, d'une plaque de verre trois fois plus grande ?

Et monsieur Reihl répondit

— De l'argent, Andersson. De l'argent à la pelle.

En effet, et pour tout dire, le système que monsieur Reihl avait ramené avec lui d'on ne sait quelle partie du monde, bien enfermé dans sa tête, bien scellé dans son imagination, afin de le déballer ensuite devant les yeux transparents d'Andersson, était un système génial, à tous points de vue, quoique à tous points de vue aussi absolument désastreux. Mais Andersson était un génie du verre, c'en était un depuis un nombre infini d'années puisque avant lui son père en avait été un, et avant lui encore le père de son père, premier dans la famille à avoir envoyé paître son propre père et le métier de paysan pour essayer de comprendre comment diable on pouvait bien travailler cette pierre magique sans âme, sans passé, sans couleur et sans nom qu'on appelait le *verre*. Bref, c'était un génie, c'en était un depuis tou-

24

jours. Et il commença à réfléchir à la question. Parce qu'il devait bien, évidemment, y en avoir un, de système, pour faire une plaque de verre trois fois plus grande, et c'était ça, justement, le trait de génie du système de monsieur Reihl : deviner qu'il était possible d'en faire une, avant même que quelqu'un ait eu l'idée qu'il pourrait en avoir besoin. Et il y travailla donc, Andersson, pendant des jours et des semaines et des mois. Et il finit par mettre au point un système qui devait connaître par la suite une certaine notoriété sous le nom de « *Brevet Andersson des Verreries Reihl* », suscitant la publication d'échos satisfaits dans la presse locale et un vague intérêt chez quelques esprits fins ici et là de par le monde. Ce qui est le plus important, c'est que, précisément, le « *Brevet Andersson des Verreries Reihl* » allait changer la vie de monsieur Reihl et laisser, comme on le verra, sa marque sur son histoire. Une histoire singulière qui aurait sûrement trouvé de toute façon son chemin pour aller là où elle devait arriver, là où il était écrit qu'elle arriverait, mais qui voulut pourtant prendre appui, précisément, sur le « *Brevet Andersson des Verreries Reihl* » pour se produire dans une de ses pirouettes les plus significatives. Ainsi fait le destin : il pourrait filer, invisible, et il brûle au contraire sur son passage, ici ou là, quelques instants, parmi les milliers d'instants d'une existence. Dans la nuit du souvenir, ces instants-là flamboient, dessinant la ligne de fuite du hasard. Des feux solitaires, bons pour se donner une raison, n'importe laquelle.

On voit donc clairement, à la lumière qui plus est du « *Brevet Andersson des Verreries Reihl* » et de ses conséquences décisives, combien légitime pouvait paraître l'idée, relativement répandue, que les voyages de monsieur Reihl devaient être considérés avant tout comme des voyages de travail. Et pourtant...

Et pourtant personne ne pouvait réellement oublier ce que chacun savait : toute une myriade de petits faits, et de nuances, et de concomitances visibles qui jetaient une lumière indéniablement différente sur ce phénomène à la fois mystérieux et avéré qu'étaient les voyages de monsieur Reihl. Une myriade de petits faits, et nuances, et coïncidences visibles qu'on ne se donnait même plus la peine d'évoquer, depuis ce moment où, tels des milliers de ruisselets se déversant dans un même lac, ils avaient conflué dans la vérité limpide d'un après-midi de janvier : depuis que monsieur Reihl, revenant d'un de ses voyages, n'en revint pas seul mais revint avec Mormy, et, regardant Jun dans les yeux, lui dit simplement — posant la main sur l'épaule du petit garçon — lui dit — au moment précis où le petit garçon fixait le visage de Jun, et sa beauté — lui dit :

— Il s'appelle Mormy et c'est mon fils.

Il y avait, là-haut, le ciel usé de janvier. Et tout autour une poignée de domestiques. Tous instinctivement baissèrent le regard vers le sol. Seule Jun ne le fit pas. Elle regardait la peau luisante du petit garçon, une peau couleur de sable, une peau brûlée par le soleil mais brûlée une fois pour toutes, par un soleil d'il y a mille ans. Et sa première pensée fut

« Cette putain était une négresse. »

Elle la voyait, cette femme qui avait serré monsieur Reihl entre ses cuisses, quelque part dans le monde, par métier ou par plaisir, qui sait, sans doute plutôt par métier. Elle regardait le petit garçon, ses yeux, ses lèvres, ses dents, et elle la voyait de plus en plus distinctement devant elle — si distinctement que sa seconde et limpide et fulgurante pensée fut

« Cette putain était très belle. »

Deux pensées ne remplissent qu'un seul instant. Et un instant, ce fut tout ce que cet univers minuscule de personnes, découpé dans la galaxie plus générale de la vie et tassé qui plus est sur lui-même par l'émotion du scandale apparent — un instant, ce fut tout ce que cet univers minuscule de personnes accorda au silence. Car ensuite, aussitôt, la voix de Jun se fraya un chemin à travers l'ébahissement de chacun pour arriver aux oreilles de tous :

— Bonjour, Mormy. Je m'appelle Jun et je ne suis pas ta mère. Et je ne le serai jamais.

Avec douceur, pourtant. Ça, tous peuvent le confirmer. Elle l'avait dit avec douceur. Elle aurait pu le dire avec infiniment de méchanceté mais elle l'avait dit avec douceur. Il faut se l'imaginer dire avec douceur. « Bonjour, Mormy. Je m'appelle Jun et je ne suis pas ta mère. Et je ne le serai jamais. »

Ce soir-là il se mit à pleuvoir qu'on aurait dit un châtiment du ciel. Et ça dura toute la nuit, avec une férocité merveilleuse. « Une sacrée grande pisse », comme disait Ticktel, qui s'y entendait en théologie puisqu'il avait été cuisinier dans un séminaire à ce qu'il disait, une prison disaient les autres, imbéciles c'est la même chose disait Ticktel. Mormy était dans sa chambre avec les couvertures tirées par-dessus la tête, attendant des coups de tonnerre qui ne venaient pas. Il avait huit ans et il ne comprenait pas vraiment ce qu'il lui arrivait. Mais il avait deux images imprimées dans les yeux : le visage de Jun, le plus beau qu'il eût jamais vu, et la table dressée en bas, dans la salle à manger. Les trois chandeliers, la lumière, le col étroit des bouteilles taillées à facettes comme des diamants, les serviettes avec des lettres mystérieuses brodées dessus, la fumée qui montait de la soupière blanche, le bord doré des assiettes, les fruits tout brillants posés sur de larges feuilles dans une coupe en argent. Tout ça, et le visage de Jun. Elles étaient entrées dans ses yeux, ces deux images, comme la perception instantanée d'un bonheur absolu et sans conditions. Il les porterait en lui à jamais. Parce que la vie, c'est comme ça qu'elle te roule. Elle te saute dessus quand tu as l'âme encore tout endormie, et elle t'y fait germer une image, ou une odeur, ou un son qu'ensuite

28

tu ne peux plus ôter de là. Et le bonheur, c'était ça. Tu le découvres après, quand il est trop tard. Quand tu es déjà, pour toujours, un exilé : à des milliers de kilomètres de cette image, de ce son, de cette odeur. À la dérive.

Jun était deux chambres plus loin, debout, le nez écrasé contre la vitre, à regarder la grande pisse du ciel. Et elle resta ainsi jusqu'à ce qu'elle sente les bras de monsieur Reihl autour de ses flancs, puis ses mains qui l'obligeaient doucement à se retourner, ses yeux qui la regardaient, étrangement sérieux, sa voix enfin qui était basse et secrète

— Jun, s'il y a quelque chose que tu veux me demander, fais-le maintenant.

Jun se mit à dénouer le foulard rouge qu'il avait autour du cou, puis elle ouvrit sa veste et un à un les boutons du gilet noir, en commençant par le plus bas et en remontant ensuite, lentement, jusqu'à celui d'en haut, qui, bien que resté seul désormais à défendre l'indéfendable, résista cependant un instant, juste un instant, avant de céder, silencieusement, au moment même où monsieur Reihl se penchait vers le visage de Jun pour dire — mais c'était comme une prière

— Écoute-moi, Jun... regarde-moi et demande-moi ce que tu veux...

Mais Jun ne dit rien. Simplement, sans qu'un seul trait de son visage ne bouge, et absolument en silence, elle commença à pleurer, de cette manière qui est une manière magnifique, un

29

secret de quelques-uns, ils pleurent seulement avec les yeux, comme des verres remplis à ras bord de tristesse, et impassibles, pendant que cette goutte de trop finit par avoir raison d'eux et glisser par-dessus bord, suivie de milliers d'autres, et ils restent là immobiles, pendant que s'écoule sur eux leur menue défaite. Elle pleurait comme ça, Jun. Et elle ne cessa pas, pas un seul instant, pendant que ses mains déshabillaient monsieur Reihl, ni même après en le voyant nu sous elle et en l'embrassant partout, elle ne cessa pas, elle continua de dissoudre le caillot de sa tristesse dans ces larmes immobiles et silencieuses — il n'y a pas de larmes plus belles — pendant qu'elle serrait dans ses mains le sexe de monsieur Reihl et lentement passait ses lèvres sur cette peau lisse et incroyable — il n'y avait pas de lèvres plus belles —, et elle pleurait, de cette manière invincible, quand elle ouvrit les jambes et, en un instant, un peu avec rage, prit le sexe de monsieur Reihl en elle, et donc, d'une certaine façon, tout monsieur Reihl en elle et, s'appuyant de ses bras tendus sur le lit, regardant d'en haut le visage de l'homme qui s'en était allé de l'autre côté du monde baiser une femme noire très belle, la baiser avec une précision si passionnée qu'il lui avait laissé un enfant dans le ventre, regardant ce visage qui la regardait elle se mit à faire aller en elle cette résistance vaincue qu'était le sexe de monsieur Reihl, à le faire aller en elle et à le dompter éperdument, pour qu'il entre partout, à l'intérieur d'elle, et glisse en

30

cadence dans la folie, sans jamais cesser de pleurer — si c'est pleurer qu'il faut dire —, avec une
violence toujours plus grande et plus subtile pourtant, et peut-être avec fureur, tandis que monsieur
Reihl plantait ses mains sur ses hanches, dans
l'inutile et fallacieuse tentative d'arrêter cette
femme qui s'était emparée désormais de sa queue
et par des mouvements aveugles lui avait arraché
désormais de l'esprit tout ce qui n'était pas l'élémentaire prétention de jouir encore, et encore
plus fort. Et elle ne cessa pas de pleurer — ni de
se taire —, pleurer, et se taire, même quand elle
le vit, cet homme qui était sous elle, fermer les
yeux et ne plus rien voir, et qu'elle le sentit, cet
homme qui était en elle, venir entre ses cuisses
en lui plantant hystériquement sa queue dans les
entrailles, avec cette sorte de secousse intime et
indéchiffrable qu'elle avait appris à aimer comme
aucune autre douleur.

Après seulement — après — tandis que monsieur Reihl la regardait dans la pénombre et en la
caressant reparcourait sa propre stupeur, Jun dit

— S'il te plaît, ne le dis à personne.

— Je ne peux pas, Jun. Mormy est mon fils, je
veux qu'il grandisse ici, avec nous. Et tout le
monde doit le savoir.

Jun restait là, la tête enfoncée dans l'oreiller et
les yeux fermés.

— S'il te plaît, ne le dis à personne que j'ai
pleuré.

Parce qu'il y avait quelque chose, entre ces

deux-là, quelque chose qui en vérité devait être un secret, ou quelque chose d'approchant. Si bien qu'il était difficile de comprendre ce qu'ils se disaient et comment ils vivaient, et comment ils étaient. On se serait mis le crâne en pointe à essayer de donner une signification à certains de leurs gestes. Et on aurait pu se demander *pourquoi* pendant des années et des années. La seule chose qui souvent paraissait évidente, et même presque toujours, et peut-être même toujours, c'était que dans ce qu'ils faisaient et dans ce qu'ils étaient, il y avait quelque chose — si on peut le dire comme ça —, quelque chose de beau. Juste ça. Tout le monde disait : « C'est beau ce qu'il a fait, monsieur Reihl. » Ou bien : « C'est beau ce qu'elle a fait, Jun. » On n'y comprenait rien ou presque, mais ça au moins on le comprenait. Par exemple : pas une fois monsieur Reihl n'avait envoyé, de ses voyages, ne serait-ce qu'un bout de lettre ou de nouvelle. Pas une fois. Mais quelques jours avant de rentrer il faisait parvenir à Jun, immanquablement, un petit paquet. Elle l'ouvrait et dedans il y avait un bijou.

Pas une ligne, pas même une signature : juste un bijou.

Eh bien, on peut trouver mille raisons pour expliquer ce genre de chose, à commencer évidemment par la plus facile, que monsieur Reihl avait quelque chose à se faire pardonner et qu'il faisait comme font tous les hommes, autrement dit, il mettait la main au portefeuille. Et cependant, monsieur Reihl n'étant pas un homme comme les autres ni Jun une femme comme toutes les autres, une telle, et logique, explication était la plupart du temps écartée en faveur de théories fantaisistes où se mêlaient brillamment contrebandes mystérieuses de diamants, significations ésotérico-symboliques, antiques traditions et poétiques légendes d'amour. Ce qui ne simplifiait pas les choses, c'est que l'on constatait que jamais, absolument jamais, Jun n'arborait les bijoux qu'elle recevait, et même, qu'elle ne paraissait guère s'en soucier : alors qu'elle consacrait un soin infini à conserver les boîtes, à les dépoussiérer périodiquement, et à vérifier si personne ne les déplaçait de l'endroit qu'elle leur avait assigné. Au point que des années après sa mort on retrouva encore ces boîtes, rangées avec ordre l'une par-dessus l'autre, à leur place, si absurdes et si vides qu'on s'employa pendant des jours et des jours, et même des semaines, à chercher les bijoux correspondants, jusqu'au moment où il apparut clairement que jamais, non, jamais on ne les trouverait. Bref, cette histoire des bijoux, on pouvait la retourner mille fois dans tous les sens, une explication définitive, de toute façon, on n'en trouverait pas. Et ainsi, quand monsieur Reihl revenait, les gens demandaient « est-ce que le bijou est arrivé ? » et quelqu'un disait « il paraît que oui, il paraît qu'il est arrivé il y a cinq jours, dans une boîte verte », et alors les gens souriaient, et ils pensaient « c'est beau ce qu'il fait, monsieur

Reihl ». Parce qu'on ne pouvait pas dire autre chose que cette ineptie de rien, et immense. Que c'était beau.

Voilà comment ils étaient, monsieur et madame Reihl.

Si étranges qu'on pensait qu'ils étaient unis par Dieu sait quel secret.

Et en effet, ils l'étaient.

Monsieur et madame Reihl.

Ils vivaient la vie.

Puis, un jour, arriva Élisabeth.

2

— « Et le Seigneur bénit la condition dernière de Job plus encore que l'ancienne.
Et il posséda quatorze mille brebis, six mille cha-
meaux, mille paires de bœufs et mille ânesses. Et
il eut sept fils et trois filles. La première, il la
nomma Tourterelle, la seconde Cinnamome et la
troisième Corne-à-fard »...

Non que Pekisch eût jamais compris quelle
sorte de prénoms ça pouvait bien être là. Mais une
chose était claire : ce n'était vraiment pas le
moment de se poser la question. Aussi continua-
t-il à lire, d'une voix monocorde, presque imper-
sonnelle, un peu comme s'il parlait à un sourd :

— « Et dans tout le pays on ne trouvait pas de
femmes aussi belles que les filles de Job, et leur
père leur donna une part d'héritage en même
temps qu'à leurs frères. Et après cela, Job vécut
encore cent quarante ans, et il vit ses fils et les fils
de ses fils, jusqu'à la quatrième génération. »

Le texte allait à la ligne. Pekisch prit une inspi-
ration et mit une once de fatigue dans sa voix :

— « Puis Job mourut, chargé d'ans et rassasié de jours. »

Pekisch resta immobile. Il ne voyait pas clairement pourquoi, mais il avait l'impression que c'était mieux de rester immobile quelques instants. Ainsi, bien qu'indéniablement ce soit très inconfortable, il se tint immobile : étendu de tout son long dans l'herbe avec la figure plaquée contre l'extrémité d'un tube en étain. Le tube était, lui aussi, couché sur le sol (« une naïveté impardonnable », commentera ensuite le Pr Dallet), il était long de 565,8 mètres et son diamètre était celui d'un bol de café au lait. Pekisch avait plaqué sa figure à l'intérieur, de telle manière que seuls les yeux restaient dehors : solution idéale pour pouvoir lire le petit livre qu'avec une de ses mains il tenait en équilibre au-dessus du tube, ouvert à la page 565. Avec l'autre, de main, il obturait tant bien que mal les vides que sa figure, pas exactement sphérique, laissait dans l'orifice d'entrée du tube : « un expédient puéril », ainsi que le fera remarquer, non sans raison, le Pr Dallet, déjà cité.

Quelques instants passèrent puis, finalement, Pekisch bougea. Il avait la circonférence du tube marquée sur la figure et une jambe à moitié engourdie. Il se releva péniblement, glissa le petit livre dans sa poche, remit en place ses cheveux gris, murmura quelque chose pour lui-même et commença à marcher le long du tube. 565 mètres virgule 8 ne sont pas une distance qui s'avale en une minute. Pekisch se mit à trotter. Il avançait, et il essayait de ne pas penser, il suivait du regard le tube, un coup ses chaussures un coup le tube, l'herbe disparaissait rapidement sous ses pieds, le tube défilait, semblable à un long projectile sans fin, mais quand on levait les yeux l'horizon ricanait, immobile, tout est relatif, ça on le savait, il vaut mieux que je regarde par terre, il vaut mieux que je regarde le tube, et mes chaussures, et le tube — son cœur commença à s'affoler. Du calme. Immobile, Pekisch. Debout. Il regarde derrière : 100 mètres de tube. Il regarde devant : une infinité de tube. Du calme. Il recommence à marcher sans penser. Il y a la lumière, tout autour, la lumière du soir. Le soleil te prend sur le côté, quand c'est comme ça, c'est une manière plus douce, les ombres se couchent démesurément, c'est une manière qui a en elle quelque chose d'affectueux — ce qui explique peut-être comment il se fait qu'en général il est plus facile de se croire bon, le soir — alors qu'à midi, au contraire, on pourrait presque assassiner ou pire : avoir l'idée d'assassiner, ou pire : s'apercevoir qu'on serait capable d'avoir l'idée d'assassiner. Ou pire : se faire assassiner. Bon. 200 mètres avant la fin du tube. Pekisch marche et regarde, un coup le tube un coup devant lui. À la fin du tube, droit devant, il commence à reconnaître la petite silhouette de Pehnt. S'il ne l'avait pas vue il aurait peut-être continué à marcher sans penser mais maintenant il l'a vue, et alors il recommence à

trotter, à sa manière hagarde, on dirait qu'à chaque pas il décide de jeter au loin une de ses jambes
mais que celle-ci, obstinée, ne veut rien savoir, et
à chaque fois il se la retrouve derrière, et il lui
faut la récupérer d'une façon ou d'une autre, tout
en essayant de se débarrasser de la première, sans
y arriver d'ailleurs, parce que celle-là non plus ne
veut pas entendre parler de le lâcher, et ainsi de
suite. Ça peut paraître incroyable, mais avec un
tel système on arrive malgré tout à en abattre des
kilomètres, quand on veut. Pekisch, plus modes-
tement, rogne des mètres, l'un après l'autre. Tant
et si bien qu'à la fin il n'en reste bientôt plus que
vingt, des mètres, avant la fin du tube, et puis
douze, et huit, et sept, et trois, et un : et fin. Il
s'arrête, Pekisch. Son cœur bouillonne, sorti de
ses rails. Et sa respiration caracole, se démanti-
bule, se carapate, file en roue libre. Mais au moins
il y a la lumière, tout autour, la lumière du soir.

— Pehnt !

Pehnt est un petit garçon. Même s'il porte en
ce moment une veste d'homme, c'est un petit garçon. Il est couché par terre, sur le dos, avec les
yeux qui regardent le ciel, sans le voir, d'ailleurs,
parce que ce sont des yeux fermés. D'une main,
il tient son oreille droite bouchée : l'oreille gauche, il la tient à l'intérieur du tube, le plus à l'intérieur qu'il peut, s'il pouvait il y entrerait avec toute
la tête, dans ce tube, mais même la tête d'un petit
garçon ne peut pas arriver à ça, entrer dans un

38

tube large comme un bol. Même en priant tous les saints.

— PEHNT !

Le petit garçon ouvre les yeux. Il voit le ciel, et il voit Pekisch. On ne peut pas vraiment dire qu'il sache exactement quoi faire.

— Relève-toi, Pehnt, c'est fini.

Pehnt se relève, Pekisch se laisse tomber par terre. Il regarde le petit garçon bien dans les yeux.

— Alors ?

Penht se frotte une oreille, se frotte l'autre, promène son regard alentour, comme s'il cherchait le chemin le plus long avant d'aboutir, tout au bout, dans les yeux gris de Pekisch.

— Salut, Pekisch.

— Comment ça, salut ?

— Salut.

S'il n'y avait son cœur qui le houspille encore à l'intérieur, peut-être bien qu'il crierait un peu, à ce moment-là, Pekisch. Au contraire, simplement, il murmure :

— S'il te plaît, Pehnt. Ne dis pas d'imbécillités. Dis-moi ce que tu as entendu.

Il porte une veste d'homme, Pehnt. Noire. Des boutons, il n'y en a plus qu'un, celui du haut. Il le torture du bout de ses doigts, il le boutonne, le déboutonne, il a l'air de quelqu'un qui serait capable de faire ça toujours, ne plus s'arrêter, jamais.

— Dis quelque chose, Pehnt. Dis-moi bon sang ce que tu as entendu dans ce tube.

Pause.

— David et Goliath ?

— Non, Pehnt.

— L'histoire de la mer Rouge et du pharaon ?

— Non.

— Peut-être que c'était Caïn et Abel... Oui, c'était quand Caïn il était le frère à Abel et...

— Penht, tu n'as pas à deviner, il n'y a rien à deviner. Tu dois juste dire ce que tu as entendu. Et si tu n'as rien entendu, tu dois dire : je n'ai rien entendu.

Pause.

— Je n'ai rien entendu.

— Rien ?

— Presque rien.

— Presque rien, ou rien ?

— Rien.

Comme si un vil insecte l'avait piqué : il bondit sur ses pieds, Pekisch, et il brasse l'air comme un moulin à vent, foulant le sol de pas incrédules et complètement égarés, et mâchonnant des phrases entre ses dents, et psalmodiant une fureur bouffonne. Toute une procession de paroles.

— C'est pas possible, bon sang... c'est pas possible, c'est pas possible, c'est pas possible... elle ne peut pas disparaître comme ça, il faut bien qu'elle aille quelque part... tu ne peux pas déverser des litres et des litres de mots dans un tube et les voir disparaître comme ça, sous tes yeux... qu'est-ce qui l'a donc bue, toute cette voix ? Il doit y avoir une erreur, c'est sûr... il y a une erreur, c'est clair... on se trompe quelque part... peut-être qu'il faudrait un tube plus petit... ou peut-être qu'il faut le mettre légèrement en descente, voilà, peut-être qu'on aurait besoin d'un peu de pente... d'autre part, c'est clair, elle peut aussi bien s'arrêter au bout d'un moment, juste au milieu du tube... une fois son élan retombé, elle s'arrête... elle flotte un peu dans l'air, elle se mélange à lui, et ensuite elle se dépose sur le fond du tube et l'étain l'absorbe... c'est sûrement quelque chose dans ce genre... d'ailleurs, si on y réfléchit, ça devrait marcher aussi dans le sens contraire... sûrement, même... si je parle dans un tube qui monte, les paroles montent aussi longtemps qu'elles ont de l'élan, et ensuite elles redescendent, et là, je les entends à nouveau... Pehnt, c'est génial ça, tu comprends ce que ça veut dire ? pratiquement que les gens pourraient se réentendre, ils pourraient s'écouter parler avec leur propre voix à eux... le type prend un tube, il le dirige vers le haut, mettons avec une pente de dix pour cent, et puis il chante dedans... il chante dedans une phrase plus ou moins courte, ça dépend évidemment de la longueur du tube... il chante et après il se met à l'écoute, et... et la voix monte, elle monte et puis elle s'arrête et elle revient dans l'autre sens, et lui *il l'entend*, tu comprends, il l'entend... sa voix à lui... ça serait extraordinaire, ça... pouvoir s'entendre... ça serait une révolution pour toutes les écoles de chant du monde... tu t'imagines ? « *l'auto-écouteur Pekisch, l'instrument indispensable pour devenir un grand chan-*

41

teur », je te le dis, les gens se battraient... on pourrait en faire de toutes les tailles, et étudier la meilleure pente, essayer tous les métaux, qui sait, c'est peut-être en or qu'il faudrait les faire, il faut essayer, c'est ça le secret, essayer et encore essayer, on n'arrivera jamais à rien si on ne s'obstine pas à essayer encore et encore...

— Peut-être qu'il y a un trou dans le tube et que la voix elle est partie par là.

Pekisch s'arrête. Il regarde le tube. Il regarde Pehnt.

— Un trou dans le tube ?

— Peut-être.

Et pourtant, bien qu'indéniablement elle soit merveilleuse, la lumière du soir, il y a quelque chose qui réussit à être encore plus beau que la lumière du soir, et c'est précisément quand, par d'incompréhensibles jeux de courants, caprices des vents, bizarreries du ciel, impertinences réciproques de nuées non conformes et circonstances fortuites par dizaines, une vraie collection de hasards et d'absurdités — quand, dans cette lumière unique qu'est la lumière du soir, inopinément, *il pleut*. Il y a le soleil, le soleil du soir, et il pleut. Ça, c'est le summum. Et il n'existe aucun homme, fût-il rongé par la douleur ou à bout d'angoisse, qui, devant une absurdité de ce genre, ne sente pas se retourner quelque part en lui une irrépressible envie de rire. Il ne rira peut-être pas, ou pas vraiment, mais si le monde était un zeste plus clément, il pourrait rire. Parce que c'est

42

comme un gag colossal et universel, parfait et irré-
sistible. À ne pas y croire. Même l'eau, celle qui
te tombe sur la tête, en minuscules gouttes prises
de biais par le soleil bas sur l'horizon, ne ressemble pas à de la vraie eau. Ça ne serait pas étonnant
si en la goûtant on s'apercevait qu'elle est sucrée.
C'est dire. En tout cas, de l'eau pas réglementaire.
Une générale et en même temps spectaculaire
exception à la règle, un pied de nez magistral à
toute logique. Une émotion. Au point que parmi
toutes les choses qui finissent par donner une justification à l'habitude, sans cela ridicule, de vivre,
figure certainement celle-ci, au-dessus même des
plus limpides, des plus propres : être là, quand,
dans cette lumière unique qu'est la lumière du
soir, inopinément, *il pleut.* Au moins une fois, être
là.

— Diable ! Un trou dans le tube... comment
ai-je fait pour ne pas y penser... mon cher Pehnt,
voilà où est l'erreur... un trou dans le tube... un
maudit petit trou caché quelque part, c'est clair...
elle s'est échappée par là, toute cette voix... dis-
parue dans les airs...

Pehnt a relevé le col de sa veste, il tient ses
mains profondément enfoncées dans ses poches,
il regarde Pekisch et il sourit.

— Bon, tu sais ce que je te dis ? on va le trouver,
Pehnt... on va le trouver, nous, ce trou... on a
encore une bonne demi-heure de soleil, et on va
le trouver... en route, mon garçon, nous n'allons
pas nous laisser avoir aussi facilement... non.

Et ils s'en vont, Pekisch et Pehnt, Pehnt et Pekisch, ils s'en reviennent le long du tube, l'un à gauche l'autre à droite, lentement, scrutant chaque pouce du tube, pliés en deux, à chercher toute cette voix perdue, et si quelqu'un de loin les voyait il pourrait se demander ce que diable ils peuvent bien faire ces deux-là, au milieu de la campagne, les yeux fixés sur le sol, un pas après l'autre, comme des insectes, et pourtant ce sont des hommes, qui sait ce qu'ils ont perdu de si important pour ramper comme ça au milieu de la campagne, qui sait s'ils le retrouveront jamais, ce serait bien s'ils le retrouvaient, qu'au moins une fois, au moins une fois de temps en temps, dans ce monde archimaudit, quelqu'un qui cherche quelque chose ait la chance de le retrouver, comme ça, simplement, et dise je l'ai retrouvé, avec un tout petit sourire, je l'avais perdu et je l'ai retrouvé — ça n'est pas si compliqué, le bonheur à côté ça ne serait rien.

— Eh, Pekisch...

— Ne te distrais pas, mon petit, sinon on ne le retrouvera jamais, ce trou...

— Juste une chose, Pekisch...

— Quoi ?

— Quelle histoire c'était ?

— C'était l'histoire de Job, de Job et de Dieu.

Ils ne quittent pas le tube des yeux, ils ne s'arrêtent pas, ils continuent doucement, un pas après l'autre.

— C'est une très belle histoire, hein, Pekisch ?
— Oui, c'est une très belle histoire.

Il était trois heures du matin et la ville était là à s'étouffer dans le bitume de sa nuit. Dans l'écume de ses rêves. Dans la merde de ses insomnies. Etc.

Marius Jobbard était lui assis à un bureau / lumière de lampe à pétrole / cabinet de travail au troisième étage de la rue Moscat / tapisserie à rayures verticales vertes et beiges / livres, diplômes, petit David en bronze, mappemonde en bois d'érable, diamètre un mètre virgule vingt et un / portrait de monsieur avec moustache / autre portrait même monsieur / plancher avachi et tapis graisseux / odeur de poussière, tabac et chaussures / chaussures, dans un coin, deux paires, noires, fatiguées.

Jobbard écrit. Il a une trentaine d'années et il écrit le nom de l'académicien prussien Ernst Holtz sur une enveloppe qu'il vient de cacheter. Ensuite, l'adresse. Il sèche avec le tampon-buvard. Vérifie l'enveloppe, la met avec les autres, sur le bord droit du bureau. Cherche parmi les papiers une feuille, la trouve, parcourt les six noms qui y sont écrits, l'un sous l'autre. Tire un trait sur le nom du très éminent Pr Ernst Holtz. Lit le seul nom qui reste : M. Pekisch — Quinnipak. Cherche la lettre de M. Pekisch, étrangement rédigée au dos d'une carte topographique de ladite ville de Quinnipak, et la lit. Lentement. Puis prend papier et plume. Et écrit.

Cher Monsieur Pekisch,

Nous avons bien reçu votre lettre contenant les résultats — injustement définis par vous comme décourageants — de votre dernière expérience sur la propagation du son à travers les tubes métalliques. Le Pr Dallet, malheureusement, est pour l'instant dans l'impossibilité de vous répondre personnellement ; veuillez donc me pardonner si ces lignes sont, plus humblement, écrites par le soussigné Marius Jobbard, élève et secrétaire de l'éminent professeur.

L'honnêteté m'oblige à vous dire qu'à la lecture de votre lettre, le Pr Dallet n'a pas caché quelques mouvements de désappointement ni quelques marques significatives d'impatience. Il a jugé d'« une naïveté impardonnable » que les tubes aient été, tout simplement, posés dans un champ. Il vous rappelle à cet égard que si les tubes ne sont pas isolés du sol, les vibrations de la colonne d'air finissent par être absorbées par les masses environnantes et, de cette manière, s'éteignent rapidement. « Poser les tubes par terre, c'est comme jouer du violon avec une sourdine » : tels sont les termes exacts employés par le Pr Dallet. Celui-ci considère de plus comme un « expédient puéril » (ce sont textuellement ses mots) le fait de boucher l'orifice de départ du tube à l'aide des mains, et il se demande pourquoi vous n'avez pas utilisé, comme la logique le commanderait, un tube de la largeur exacte de votre bouche, ce qui permet en principe de transmettre à la colonne d'air toute la puissance

*de la voix. Quant à votre hypothèse d'« auto-écouteur »,
je peux vous dire que vos théories sur la mobilité du son
présentent des divergences évidentes avec les théories du
Pr Dallet. Divergences que l'éminent professeur a
résumées dans l'affirmation suivante, que j'ai le devoir
de vous rapporter textuellement et dans son intégralité :
« cet homme est fou ». L'homme en question — je le dis
pour sauvegarder la clarté de mon compte-rendu — c'est
vous, bien sûr.*

*Le Pr Dallet n'ayant rien dit d'autre en ce qui
concerne votre aimable missive, ici devrait s'achever mon
humble tâche de secrétaire. Cela ne m'en autorise pas
moins — et bien que je sente les forces peu à peu me
manquer — à ajouter quelques lignes, à titre purement
et absolument personnel. Je crois pour ma part, très
estimé Monsieur Pekisch, que vous devez poursuivre vos
expériences, et même les intensifier et parvenir à les réaliser au mieux et de la manière la plus concluante. Car
ce que vous écrivez est absolument génial et, si je puis
m'exprimer ainsi, prophétique. Ne vous laissez pas arrêter par les commentaires stupides des gens, et pas même,
si je puis me permettre, par les observations savantes des
académiciens. Si je peux m'adresser à vous en ayant
l'assurance de votre discrétion, sachez que le Pr Dallet
n'est pas toujours éclairé par l'amour le plus pur ni le
plus désintéressé pour la vérité. Il a travaillé pendant
vingt-six ans, et dans l'anonymat le plus absolu, à
l'étude d'une machine capable de produire le mouvement
perpétuel. L'absence quasi totale de résultats appréciables
a miné, de manière compréhensible, le moral du professeur, et obscurci sa réputation. Vous pouvez donc aisé-*

ment comprendre, à la lumière de tout ceci, combien providentiel est apparu le hasard bienveillant qui a permis que fût signalé dans les gazettes, avec un éclat particulier, l'ingénieux système de communication à travers des tubes de zinc que le professeur avait mis au point pour l'hôtel de son cousin Alfred Dallet, à Brétonne. Vous savez comment sont les journalistes. En peu de temps, et grâce à quelques déclarations bien pesées accordées à certaines feuilles de la capitale, Dallet est devenu pour tout un chacun le prophète du « logophore », le savant capable « de transporter n'importe quelle voix jusqu'à l'autre bout du monde ». En vérité, croyez-moi, le Pr Dallet n'attend pas grand-chose de l'invention du logophore, si ce n'est, évidemment, cette célébrité qu'après l'avoir longuement cherchée sans l'atteindre, il a atteinte sans même la chercher. Bien que certaines de ses expériences, effectivement réalisées, aient donné des résultats encourageants, il conserve un scepticisme secret, quoique vif, à l'égard du logophore. Si je peux une fois encore en appeler à votre discrétion, je vous dirai que j'ai entendu personnellement le Pr Dallet avouer — à l'un de ses collègues, et non sans l'adjuvant de quelque verre de beaujolais — que le maximum qu'on pouvait obtenir avec le logophore, c'était de pouvoir écouter depuis l'entrée d'un bordel les bruits provenant des alcôves du second étage. Le collègue du professeur trouva la chose très spirituelle.

J'aurais également d'autres anecdotes, plus éclairantes encore, à vous rapporter mais ma main, ainsi que vous pouvez le constater, se fait de minute en minute plus incertaine. Et de même mon esprit. Permettez-moi donc *d'ajouter, sans atermoiements, que je partage sans réserve votre enthousiasme et votre confiance quant aux développements futurs du logophore. Les dernières expériences, encourageantes, de MM. Biot et Hassenfarz ont démontré sans l'ombre d'un doute qu'une voix très basse peut être transmise à travers des tubes de zinc à 951 mètres de distance. On peut raisonnablement en conclure qu'une voix plus forte pourrait parvenir cent fois plus loin, autrement dit, atteindre une distance de presque cent kilomètres. Le Pr Arnott, que j'ai eu la chance de rencontrer l'été dernier, m'a montré un calcul particulier qu'il a fait sur la déperdition de la voix dans l'air ; on peut en déduire, avec une absolue certitude, qu'une voix enfermée dans un tube pourrait tout à fait partir de Londres et arriver jusqu'à Liverpool.*

Eu égard à tout cela, ce que vous écrivez se révèle d'une exactitude prophétique. Nous sommes véritablement à la veille d'un monde entièrement relié par des réseaux de tubes qui aboliraient toutes les distances. Étant donné que les derniers calculs établissent à 340 mètres par seconde la vitesse du son, il sera possible d'envoyer une commande commerciale de Bruxelles à Anvers en dix minutes ; ou de donner un ordre militaire de Paris à Bruxelles en un quart d'heure ; ou, si vous m'autorisez cet exemple, de recevoir à Marseille une lettre d'amour partie de Saint-Pétersbourg à peine deux heures et demie plus tôt. Le temps est vraiment venu, croyez-moi, d'en finir avec les atermoiements et d'utiliser les propriétés magiques de déplacement du son pour unir les villes et les nations, afin d'enseigner à tous les peuples de la terre que leur seule vraie patrie est le monde, et que leurs seuls ennemis sont les adversaires de la science. C'est pourquoi, très estimé M. Pekisch, je me permets de vous dire en toute humilité : ne renoncez pas à vos expériences, cherchez au contraire par tous les moyens possibles à affiner vos méthodes et à diffuser vos résultats. Bien qu'éloigné des grandes cathédrales de la science et de ses prêtres, vous marchez sur le chemin lumineux d'une humanité nouvelle.

Ne vous en écartez pas.

Je sais avec certitude que je ne pourrai plus vous être utile, et ce n'est pas la dernière des choses qui attristent pour moi ces instants. Je prends congé de vous, avec le regret de ne pouvoir vous connaître personnellement et dans l'espérance que vous voudrez bien me croire

sincèrement vôtre,
Marius Jobbard.

P.S. : Le Pr Dallet n'est malencontreusement pas en mesure de pouvoir accepter votre aimable invitation au concert qui sera donné par la fanfare placée sous votre direction à Quinnipak lors des prochaines festivités du 26 juillet. Le voyage serait très long et, qui plus est, le professeur n'a plus la fraîcheur d'autrefois. Veuillez accepter ses excuses les plus sincères.

Cordialement,
M.J.

Sans relire, Marius Jobbard plia la lettre et la glissa dans une enveloppe sur laquelle il écrivit l'adresse de M. Pekisch. Il sécha l'encre à l'aide du tampon, ferma l'encrier. Puis il prit les cinq enveloppes qui étaient sur le bord droit du bureau, y ajouta celle pour M. Pekisch et se leva. Il sortit lentement de la pièce et descendit avec une évidente fatigue les trois étages. Arrivé devant la porte du concierge, il posa les enveloppes en bas de la porte. Elles tenaient parfaitement l'une sur l'autre, toutes barrées d'une calligraphie parfaite, toutes, curieusement, marquées çà et là d'insoupçonnables taches de sang.

À côté des lettres, Jobbard laissa un mot :

Prière d'expédier au plus vite. M.J.

Comme il était à prévoir, le jeune élève et secrétaire du Pr Dallet remonta les trois étages plus lentement et plus péniblement qu'il ne les avait descendus. Il revint dans le cabinet de travail du susdit professeur et referma la porte. Autour de lui la pièce tournait, et il dut attendre quelques instants avant de se diriger vers le bureau.

Il s'assit.

Il ferma les yeux et laissa courir ses pensées pendant quelques minutes.

Puis il plongea la main dans la poche de sa veste, prit le rasoir qu'il savait y trouver, l'ouvrit et se taillada les veines des poignets, dans un geste précis et minutieux.

Une heure avant l'aube, la police trouva le corps sans vie du Pr Dallet dans une mansarde de la rue Guénégaud. Il gisait complètement nu, étendu sur le sol, le crâne transpercé d'un coup de revolver. À quelques mètres de lui, les enquêteurs trouvèrent le cadavre d'un jeune homme d'une vingtaine d'années, identifié ensuite comme étant Philippe Kaiskj, étudiant en droit. Le corps montrait différentes blessures à l'arme blanche et une blessure plus profonde, à l'abdomen, à laquelle devait vraisemblablement être attribuée la cause première du décès. Comme le nota avec diligence le rapport de la police, le corps « ne pouvait pas être considéré comme nu à proprement parler, étant vêtu de fines pièces de lingerie féminine ». On relevait dans la chambre les traces évidentes d'une lutte violente. Il fut établi que la mort du Pr Dallet, ainsi que celle de M. Kaiskj, remontait à la minuit du jour précédent.

Cette vilaine affaire eut sa place, comme il était légitime de s'y attendre, dans les premières pages de toutes les gazettes de la capitale. Pas pour longtemps, cependant. Les enquêteurs n'eurent pas de mal, en effet, à identifier l'auteur de cet atroce double crime en la personne de M. Marius Jobbard, secrétaire du Pr Dallet, et colocataire, avec M. Kaiskj, de la mansarde dans laquelle le drame avait été consommé. Les preuves à sa charge, réunies dans les vingt-quatre heures, se révélèrent écrasantes. Mais une désagréable circonstance empêcha la justice de suivre son cours jusqu'au bout. Marius Jobbard fut trouvé mort — vidé de son sang — dans le cabinet de travail du Pr Dallet, au troisième étage d'un immeuble de la rue Moscat. À ses obsèques, personne ne se présenta.

À Pekisch, curieusement, arrivèrent d'abord les journaux qui racontaient la triste affaire, et ensuite seulement la lettre de Marius Jobbard.

Cela engendra évidemment en lui une certaine confusion et, dans un second mouvement, quelques réflexions sur la relativité du temps qu'il n'eut pas la possibilité de systématiser comme il l'aurait voulu dans la logique d'un bref mais percutant essai.

— Qu'est-ce qui se passe, Pekisch ?

Pehnt était debout sur une chaise. Pekisch était en face de lui, assis à la table. Il avait soigneusement disposé, côte à côte, la lettre de Marius Jobbard et les journaux arrivés de la capitale ; il les regardait et il essayait d'établir entre les deux choses un lien suffisamment pourvu de sens.

— Des saloperies, répondit-il.

— C'est quoi des saloperies ?

— Des choses que dans la vie il ne faut pas faire.

— Et il y en a beaucoup ?

— Ça dépend. Quelqu'un qui a beaucoup d'imagination, il peut faire beaucoup de saloperies. Quelqu'un qui est bête, il passera peut-être toute sa vie sans qu'il lui en vienne une seule à l'esprit.

La chose se compliquait. Pekisch s'en aperçut.

Il ôta ses lunettes et laissa tomber Jobbard, les tubes et les autres histoires.

— On pourrait dire les choses comme ça. Un type se lève le matin, il fait ce qu'il a à faire et le soir il va se coucher. Et là, il y a deux possibilités : ou bien il est en paix avec lui-même, et il dort, ou bien il n'est pas en paix avec lui-même et alors il ne dort pas. Tu comprends ?

— Oui.

— Donc il faut arriver au soir et être en paix avec soi-même. C'est ça le problème. Et pour le résoudre il y a une voie très simple : rester propre.

— Propre ?

— Propre à l'intérieur, ce qui veut dire ne rien avoir fait dont on puisse avoir honte. Et jusque-là il n'y a rien de compliqué.

— Non.

— Le compliqué arrive quand le type s'aper-çoit qu'il a un désir dont il a honte. Il a une envie folle de quelque chose qu'on ne peut pas faire, ou bien c'est très vilain ou bien ça fait du mal à quelqu'un. Okay ?

— Okay.

— Et alors il se demande : est-ce que je dois l'écouter ce désir ou est-ce que je dois me l'enle-ver de la tête ?

— Eh oui !

— Eh oui ! Il se pose la question et puis à la fin il se décide. Cent fois il se l'enlève de la tête, et puis le jour arrive où il se le garde et il décide de la faire, cette chose dont il a tellement envie : et il la fait : et voilà la saloperie.

— Et pourtant il devrait pas la faire, la saloperie, c'est ça ?

— Non. Mais fais bien attention : étant donné que nous ne sommes pas des chaussettes mais des personnes, nous n'avons pas ici-bas comme but principal d'être propres. Les désirs, c'est ce que nous avons de plus important, et on ne peut pas éternellement les passer à la trappe. Si bien que, des fois, ça vaut le coup de ne pas dormir si c'est pour courir après un de ses désirs. On fait la saloperie, et après on la paie. Et la seule chose vraiment importante c'est ça : quand arrive le moment de payer, que le type n'essaie pas de s'échapper et qu'il reste là, dignement, pour payer. C'est la seule chose importante.

Pehnt resta un peu à réfléchir.

— Mais combien de fois on peut le faire ?

— Quoi ?

— Faire des saloperies.

— Pas trop de fois, si on veut réussir à dormir de temps en temps.

— Dix ?

— Peut-être un peu moins. Si ce sont de vraies saloperies, un peu moins.

— Cinq ?

— Disons deux... Bon, et puis il peut y en avoir une peut-être qui...

— Deux ?

— Deux.

Pehnt descendit de la chaise. Il marcha un peu de-ci de-là dans la pièce, ruminant des pensées et des bouts de phrases. Puis il ouvrit la porte, sortit sous la véranda et s'assit sur les marches de l'entrée. Il tira d'une poche de sa veste un petit carnet violet : usé, chiffonné, mais avec une allure à lui. Il l'ouvrit avec un soin méticuleux à la première des pages blanches. Il prit dans sa poche de poitrine un bout de crayon puis cria vers l'intérieur de la maison

— Qu'est-ce que c'est après *deux sept neuf*?

Pekisch était courbé sur le journal. Il ne leva même pas la tête.

— *Deux huit zéro.*

— Merci.

— De rien.

Lentement et avec une application méticuleuse Pehnt commença à écrire :

280. Saloperies — environ deux dans la vie.

Il resta un instant à réfléchir. Il alla à la ligne.

Après on les paie.

Il relut. C'était bien ça. Il ferma le carnet et le glissa dans sa poche.

Tout autour, Quinnipak se rôtissait dans le soleil de midi.

Cette histoire du carnet, elle avait commencé — comme on peut le déduire de ce qui vient d'être raconté — deux cent quatre-vingt jours plus tôt, autrement dit le jour que Pehnt fêta comme étant celui de son huitième anniversaire. Avec un certain à-propos, le garçon avait déjà deviné, alors, que la vie est un sacré bordel et qu'en règle générale on est amené à l'affronter dans une impréparation radicale et absolue. Ce qui le déconcertait surtout — non sans raison — c'était le nombre de choses qu'il fallait apprendre pour survivre aux inconnues de l'existence (lesquelles, précisément, étaient inconnues) : il regardait le monde, il voyait une quantité démesurée d'objets, de personnes, de situations, et il comprenait qu'à seulement apprendre les noms de tout ça — tous les noms, un par un — il y passerait sa vie. Il ne lui échappait pas qu'il y avait là un certain paradoxe.

« Il y en a trop, de monde », se disait-il. Et il cherchait une solution.

L'idée lui vint, comme il arrive souvent, par extension logique d'une expérience banale. Devant la énième liste des courses que madame Abegg lui glissa dans la main avant de l'envoyer au Bazar Fergusson & Fils, Pehnt comprit, dans un instant d'illumination nouménale, que la solution se trouvait dans l'astuce de l'énumération. Si quelqu'un, à mesure qu'il apprend les choses, se les écrivait quelque part, il aurait à la fin un catalogue complet des choses qu'il fallait savoir, consultable à tout moment, actualisable, et efficace contre les éventuelles baisses de mémoire. Il devina qu'écrire une chose c'est la posséder — illusion à laquelle est encline une part non insignifiante de l'humanité. Il pensa à des centaines de pages bourrées de mots et il sentit que le monde lui faisait beaucoup moins peur.

— Ce n'est pas mal comme idée, observa Pekisch. Bien sûr tu ne pourras pas tout écrire, dans ce carnet, mais ce serait déjà un bon résultat de noter les choses principales. Tu pourrais choisir une chose par jour, tiens. Il faut se donner une règle quand on se lance dans des entreprises comme celle-là. Chaque jour, une chose. Ça devrait fonctionner... Disons qu'en dix ans tu pourrais arriver à trois mille six cent cinquante-trois choses apprises. Ce serait déjà une bonne base. Une de ces choses qui te font te réveiller le matin plus tranquille. Ce ne sera pas de la peine gaspillée, mon garçon.

Pehnt trouva ce discours assez convaincant. Il opta pour la solution « Une chose par jour ». À l'occasion de son huitième anniversaire, Pekisch lui offrit un cahier à couverture violette. Le soir même, il entama le méticuleux travail qui allait l'accompagner des années durant. Relue a posteriori, la première annotation révèle un esprit prédisposé de manière significative à la rigueur méthodologique de la science.

1. Les choses — les écrire pour ne pas les oublier.

À partir de cet axiome, la carte géographique du savoir de Pehnt se développa jour après jour dans les directions les plus diverses. Comme tous les catalogues, celui-ci se révéla d'une limpide neutralité. Le monde y était représenté d'une manière inévitablement partielle mais rigoureusement privée de hiérarchies. Les annotations — toujours très synthétiques, presque télégraphiques — témoignaient d'un esprit précocement conscient de la nature articulée et pluraliste du mystère de la vie : pourquoi la lune n'est pas toujours pareille, qu'est-ce que la police, comment s'appellent les mois, quand pleure-t-on, nature et fonction des jumelles de vue, origines de la diarrhée, qu'est-ce que le bonheur, système pour attacher rapidement les lacets, noms de villes, utilité des cercueils pour les morts, comment devenir un saint, où se trouve l'Enfer, règles fondamentales de la pêche à la truite, liste des couleurs qu'on trouve dans la nature, recette du café au lait, noms de chiens célèbres, où va le vent, principales fêtes de l'année, de quel côté est le cœur, quand le monde finira-t-il. Ce genre de choses.

— Pehnt est bizarre, disaient les gens.

— C'est la vie qui est bizarre, disait Pekisch.

Pekisch n'était pas, à proprement parler, le père de Pehnt. Au sens où Pehnt n'avait pas, à proprement parler, de père. Ni de mère non plus. C'est-à-dire que l'histoire n'était pas simple.

On l'avait trouvé quand il n'avait pas plus de deux jours, emmailloté dans une veste d'homme noire et posé devant la porte de l'église de Quinnipak. C'était la veuve Abegg, une femme dans la cinquantaine, estimée dans toute la ville, qui l'avait pris chez elle et qui l'avait élevé. Pour être précis, elle ne s'appelait pas réellement Abegg et elle n'était pas réellement veuve. C'est-à-dire que l'histoire était plus compliquée.

Une vingtaine d'années auparavant elle avait fait la connaissance au mariage de sa sœur d'un sous-lieutenant à la belle présence et à l'ambition mesurée. Avec lui, pendant trois années, elle avait entretenu une correspondance abondante et de plus en plus intime. La dernière lettre qui lui arriva du sous-lieutenant contenait une prudente mais précise demande en mariage. Par un phénomène analogue à celui qui avait frappé Pekisch au moment où il lisait la lettre de Marius Jobbard, cette proposition parvint à Quinnipak douze jours après qu'un boulet de canon d'un poids de vingt kilos eut soudainement ramené à zéro les possibilités pour le sous-lieutenant de prendre femme : et, plus généralement, de faire quoi que ce soit. La bonne dame envoya au front trois lettres dans lesquelles, avec une insistance grandissante, elle se déclarait disponible pour les noces. Elles lui revinrent toutes les trois, accompagnées du certificat officiel de décès du sous-lieutenant Charlus Abegg. Une autre femme, peut-être, se serait découragée. Pas elle. Dans l'impossibilité de bénéficier d'un avenir heureux, elle se construisit un passé heureux. Elle informa les citoyens de Quinnipak que son mari était mort héroïquement au champ d'honneur et qu'il lui serait agréable qu'on veuille bien, dorénavant, l'appeler veuve Abegg. Dans sa conversation commencèrent à figurer de plus en plus fréquemment des anecdotes spirituelles se rapportant à sa précédente, et hypothétique, vie matrimoniale. Il n'était pas rare qu'il lui arrive d'utiliser, solennellement intercalée, l'expression « Comme le disait mon cher Charlus... », suivie de maximes de vie modérément pénétrantes mais tout à fait raisonnables. En réalité, ces choses-là, le sous-lieutenant ne les avait jamais dites. Il les avait écrites. Mais cela ne faisait, pour la veuve Abegg, aucune différence. En fait elle avait été mariée pendant trois ans avec un livre. Il y a des mariages plus étranges.

Comme on peut par ailleurs le déduire des faits ci-dessus exposés, madame Abegg était une femme à l'imagination considérable et aux certitudes solides. On ne doit donc pas s'étonner de l'histoire de la veste de Pehnt, qui permet aussi de lui attribuer, entre autres, un sens aigu du destin. Quand Pehnt eut sept ans, la veuve Abegg sortit de l'armoire la veste noire dans laquelle on l'avait trouvé, et la lui fit mettre. Elle lui arrivait sous les genoux. Le bouton du haut tombait à hauteur de zizi. Les manches pendaient comme mortes.

— Écoute-moi bien, Pehnt. Cette veste, c'est ton père qui l'a laissée. S'il te l'a laissée, il doit y avoir une bonne raison. Alors essaie de comprendre. Tu vas grandir. Et voilà ce qui va se passer : si tu deviens un jour assez grand pour qu'elle soit à ta taille, tu quitteras cette petite ville de rien du tout et tu t'en iras chercher fortune à la capitale. Si au contraire tu ne deviens pas assez grand, alors tu resteras ici, et tu seras heureux de toute façon, parce que comme disait mon cher Charlus « heureuse est la fleur qui naît là où Dieu l'a semée ». Des questions ?

— Non.

— Bien.

Pekisch n'était pas toujours d'accord avec le style vaguement militaire que madame Abegg adoptait dans les occasions importantes, héritage évident de sa familiarité prolongée avec le sous-lieutenant son mari. Mais sur cette histoire de veste il ne trouva rien à redire. Il convint que ce discours était sensé, et que dans le brouillard de la vie, une veste pouvait effectivement représenter un point de référence utile et autorisé.

— Elle n'est pas si grande que ça. Tu y arriveras, dit-il à Pehnt.

Pour faciliter l'entreprise, la veuve Abegg mit au point un régime savant qui conjuguait habilement ses maigres possibilités financières (fruit d'une pension de l'armée que personne en réalité n'avait jamais même songé à lui verser) et les besoins élémentaires du garçon en vitamines et calories. Pekisch, de son côté, fournit à Pehnt quelques utiles certitudes parmi lesquelles figurait, en bonne place, la règle de fer selon laquelle le système le plus simple pour grandir était de rester le plus possible debout.

— C'est un peu comme la voix dans les tubes. Si le tube fait des courbes, la voix a plus de mal à passer. Pour toi c'est pareil. C'est seulement si tu

es en position droite que la force que tu as à l'intérieur peut grandir sans encombre, sans devoir
faire des courbes et perdre du temps. Tiens-toi
debout, Pehnt, tiens le tube le plus droit que tu
peux.

Pehnt tenait le tube le plus droit qu'il pouvait.
Ceci explique également pourquoi il se servait
bien des chaises, mais pour s'y tenir debout.

— Assieds-toi Pehnt, disaient les gens.

— Merci, disait-il, et il montait sur la chaise.

— On ne peut pas dire que ce soit le summum
de l'éducation, disait la veuve Abegg.

— Faire sa crotte non plus ça n'est pas raffiné.
Mais ça a ses avantages, disait Pekisch.

Et c'est ainsi que Pehnt grandissait. En man-
geant des œufs au déjeuner et au dîner, en se
tenant debout sur les chaises, et en notant une
vérité par jour sur un cahier violet. Il s'en allait
vêtu de cette veste gigantesque comme une lettre
voyage sous l'enveloppe qui porte sa destination
écrite. Il s'en allait enveloppé dans son destin.
Comme tout le monde, d'ailleurs, sauf que chez
lui ça se constatait à l'œil nu. Il n'avait jamais vu
la capitale et il ne pouvait pas imaginer ce vers
quoi précisément il allait. Mais il avait compris
que, d'une manière ou d'une autre, le jeu consistait à devenir grand. Et il faisait le maximum pour
gagner.

Pourtant, la nuit, sous les couvertures, là où personne ne pouvait le voir, le plus silencieusement
possible, avec le cœur qui lui cognait un peu, il

se pelotonnait le plus qu'il pouvait, comme ça, et comme un tube tout tordu où une voix ne serait jamais passée même tirée dedans à coups de canon, il s'endormait et il rêvait d'une veste éternellement trop grande.

Deux

1

Jun avait la tête posée sur la poitrine de monsieur Reihl. Faire l'amour comme ça, la nuit où il revenait, c'était un peu plus beau, un peu plus simple, un peu plus compliqué qu'une nuit quelconque. Il s'y mêlait quelque chose comme un effort de se souvenir de quelque chose. Il s'y mêlait une terreur subtile de découvrir Dieu sait quoi. Il s'y mêlait le besoin que, forcément, ce soit très beau. Il s'y mêlait un désir un peu impatient, un peu féroce, qui n'avait rien à voir avec l'amour. Il s'y mêlait tout un tas de choses.

Après — après c'était comme recommencer à écrire en partant d'une page blanche. Peu importait le voyage qui avait emmené monsieur Reihl à travers le monde, il disparaissait dans le verre d'eau de cette demi-heure d'amour. Les choses reprenaient là où elles en étaient restées. Le sexe efface des tranches de vie, on n'imagine pas. C'est peut-être bête, mais les gens se serrent l'un contre l'autre avec cette fureur étrange un peu panique et la vie en ressort toute froissée, comme un billet doux serré au creux d'un poing, caché dans un geste nerveux de peur. Un peu par hasard, un peu par chance, disparaissent entre les plis de cette vie roulée en boule des portions de temps douloureuses, ou lâches, ou jamais comprises. Bon.

Elle était là, Jun, la tête posée sur la poitrine de monsieur Reihl et une main qui se promenait sur ses jambes, et qui de temps en temps se refermait sur son sexe, glissait dessus, revenait se faufiler entre les jambes — rien n'est plus beau que les jambes d'un homme, se disait Jun, quand elles sont belles.

La voix de monsieur Reihl lui arriva doucement, avec dedans comme un sourire

— Jun, tu ne peux pas imaginer ce que j'ai acheté cette fois.

Et en effet elle ne pouvait pas l'imaginer. Elle se pelotonna contre lui, ses lèvres effleurant sa peau — rien n'est plus beau que les lèvres de Jun, se disaient les gens, quand elles effleurent quelque chose.

— Tu pourrais y passer la nuit, tu n'arriverais pas à deviner.

— Ça me plaira ?

— Bien sûr que ça te plaira.

— Ça me plaira comme ça me plaît de faire l'amour avec toi ?

— Beaucoup plus.

— Idiot.

Jun leva le regard vers lui, approcha son visage du sien. Dans la pénombre elle le voyait sourire.

— Alors, qu'est-ce qu'il m'a acheté cette fois-ci, ce fou de monsieur Reihl ?

À dix kilomètres de là, le clocher de Quinnipak sonna minuit, c'était vent du nord, il emporta les coups avec lui, un par un, depuis la petite ville jusqu'à leur lit — dans ces moments-là on dirait que les coups de cloche découpent la nuit en quartiers, c'est le temps qui devient une lame ultrafine et qui sectionne l'éternité — la chirurgie des heures, chaque minute une blessure, une blessure pour sauver sa peau — on est là cramponnés au temps, voilà la vérité, parce que le temps fait le compte de toutes nos tentatives d'être, minute par minute — compter c'est sauver sa peau, voilà la vérité, et ce qui légitime en fait toutes les horloges, la douceur déchirante de tous les coups frappés par n'importe quelle cloche — on s'accroche au temps pour qu'il y ait un ordre dans l'électrisante défaite quotidienne, un avant et un après chaque choc — on s'y accroche avec une peur féroce, et déterminée, avec une méticulosité hystérique et une force inhumaine. Et comme toute hystérie de la terreur, celle-là aussi se constitue en rite car le rite est, toujours, la recomposition de millions de bonds de peur hystériques en une seule et même danse divine, la scène où l'homme devient capable des gestes d'un Dieu — un rite, dis-je, qui était celui de la montre-horloge de la Grand Junction — mais attention, à l'époque où chaque ville avait encore son heure à elle, et donc son temps à elle, des milliers de temps différents, chaque ville le sien, s'il était deux heures vingt-cinq ici, il pouvait être trois heures là, chaque ville avec son horloge — et la Grand Junction était une ligne de chemin de fer, une des premières lignes de chemin de fer jamais construites, elle courait comme une fêlure le long d'un vase, sur terre et sur mer, de Londres à Dublin — elle courait, emportant avec elle son propre temps qui passait dans le temps des autres comme une goutte d'huile glissant sur une vitre mouillée, et elle avait son heure à elle, qui devait résister à toutes les autres, pendant tout le voyage, et revenir intacte, pierre précieuse et intacte, afin que chaque instant pût savoir s'il était un instant de retard ou un instant d'avance, afin que chaque instant pût se connaître lui-même, et donc ne pas se perdre, et donc sauver sa peau — un train qui file avec à l'intérieur son heure à lui, sourde à toutes les autres — pour ce train-là l'homme conçut le rite, élémentaire et sacré :

« *Tous les matins, un envoyé de l'Amiral remettait à l'employé de service sur le train postal Londres-Dublin une montre indiquant l'heure exacte. À Holyhead, la montre était remise aux employés du ferry-boat de Kingston, lequel l'emportait à Dublin. Au retour, les employés du ferry-boat de Kingston redonnaient la montre à l'employé de service sur le train postal. Quand le train arrivait à Londres, la montre était restituée à l'envoyé de l'Amiral. Ainsi chaque jour, pendant des centaines de jours.* »

C'était le temps où il y avait dans la gare de

Buffalo trois horloges, chacune avec une heure différente, et il y en avait six dans la gare de Pittsburgh, une pour chaque ligne de chemin de fer qui y passait — c'était la Babel des heures — et on comprend mieux alors le rite du Londres-Dublin, train postal — cette montre qui fait l'aller-retour, passant de main en main, dans une boîte de velours, aussi précieuse qu'un secret, aussi précieuse qu'un bijou...

(Il y avait un homme qui partait, qui voyageait, et quand il revenait, avant lui, arrivait un bijou dans une boîte de velours. La femme qui attendait cet homme ouvrait la boîte, elle voyait le bijou, et elle savait alors qu'il allait revenir. Les gens croyaient que c'était un cadeau, un cadeau précieux pour chaque fugue. Mais le secret, c'était que ce bijou était toujours le même. Les boîtes changeaient mais c'était toujours le même bijou. Il partait avec l'homme, il restait avec lui partout où l'homme allait, passait de valise en valise, de ville en ville, puis prenait le chemin du retour. Il était parti des mains de la femme et il y revenait, exactement comme la montre revenait entre les mains de l'Amiral. Les gens croyaient que c'était un cadeau, un cadeau précieux pour chaque fugue. Mais c'était ce qui protégeait le fil de leur amour, dans ce labyrinthe de mondes où l'homme courait comme une fêlure le long d'un vase. C'était la montre qui comptait les minutes de ce temps à part, et unique, qui était le temps de leur amour. Il rentrait avant lui, pour qu'elle sache qu'en celui qui était en chemin le fil de ce temps-là ne s'était pas cassé. Et l'homme, enfin, arrivait et ils n'avaient besoin de rien se dire, rien se demander ni rien savoir. L'instant où ils se voyaient était, pour tous les deux, une fois encore le même instant.)

... aussi précieuse qu'un secret, aussi précieuse qu'un bijou — une montre qui faisait l'unité du chemin de fer, qui reliait l'une à l'autre Londres et Dublin pour qu'elles ne soient pas emportées à la dérive par une Babel d'heures et de temps différents — ça fait réfléchir — oui ça fait réfléchir — oui. Aux trains. À ce choc du chemin de fer.

Avant, ils n'en avaient jamais eu besoin, de la petite scène de la montre. Jamais. Parce que le train n'existait pas. Même comme idée ils ne l'avaient pas. Et voyager de là à là c'était alors quelque chose de si lent, et de si bringuebalant, et de si aventureux, que le temps de toute façon s'y perdait sans que personne ne songe à lui opposer de résistance. Ce qui résistait, c'était quelques différences générales — l'aube, le crépuscule — tout le reste n'était qu'instants brassés dans une seule et même grande bouillie d'instants. Avant ou après, on arrivait, c'est tout. Mais le train... Le train lui, il était exact, temps transformé en fer, fer lancé sur deux rails, kyrielle très précise d'avants et d'après, incessante procession de traverses... et surtout... il était la vitesse... la vitesse. Ça ne pardonne pas, la vitesse. S'il y avait sept minutes de différence entre l'heure d'ici et l'heure de là-bas, elle les rendait visibles... pesantes... Des années et des années de voyage en voiture à cheval n'étaient jamais arrivées à les découvrir, un seul train lancé dans sa course les démasquait à jamais. La vitesse. Elle a dû lui exploser à l'intérieur, à ce monde-là, comme un hurlement réprimé pendant des milliers d'années. Plus rien n'a dû sembler pareil, quand la vitesse est arrivée. Toutes les émotions réduites à des petites machines toutes à réajuster. Qui sait combien d'adjectifs se sont brusquement révélés périmés. Combien de superlatifs se sont émiettés en un instant, tout à coup tristement ridicules... En lui-même, ça n'aurait pas été grand-chose, le train, ce n'était après tout qu'une machine... mais c'est ça qui est génial : ce que cette machine produisait, ce n'était pas une force mais quelque chose dont on n'avait encore qu'une vague idée, quelque chose qui n'y était pas avant : la vitesse. Pas une machine qui fait ce que mille hommes feraient. Une machine qui fait ce qui n'a jamais existé. La machine de l'impossible. Une des premières et des plus célèbres locomotives construites par George Stephenson s'appelait *Rocket* et elle allait à 85 kilomètres-heure. Ce fut elle qui, le 14 octobre 1829, remporta le concours de Rainhill. Trois autres locomotives étaient en compétition, chacune avec un joli nom (on donne toujours un nom à ce qui fait peur, raison pour laquelle d'ailleurs, par prudence, les hommes en ont deux) :

Novelty, *Sans-Pareil*, *Perseverance*. À dire vrai, il y en avait même une quatrième d'inscrite : elle s'appelait le *Cyclopède*, inventée par un certain Brandreth, et elle consistait en un cheval galopant sur un tapis roulant relié à quatre roues, lesquelles à leur tour roulaient sur les rails. Ce qui montre bien que le passé, chaque fois, toujours, résiste au futur, invente des compromis invraisemblables sans le moindre sens du ridicule, s'humilie à corps perdu pour continuer malgré tout à posséder le présent, entêté et obtus, même quand on n'en est plus là et au moment où de prophétiques chaudières en ébullition arboraient leurs cheminées étincelantes surmontées de facétieuses bouffées et jets de vapeur blanche, voilà un type qui fait monter un malheureux cheval sur une espèce de bidouille, confondant le moyen, c'est-à-dire les rails, avec la fin. Quoi qu'il en soit, il fut disqualifié. Disqualifié avant même le départ. Elles se retrouvèrent donc quatre à concourir, *Rocket* et les trois autres. Première épreuve, un parcours d'un mille et demi. La *Novelty* le dévora à une moyenne de 45 kilomètres-heure, causant une énorme impression. Le problème est qu'elle explosa à la fin, mais explosa, littéralement — ça doit être magnifique de voir une locomotive exploser, la chaudière qui éclate comme une vessie brûlante, la longue et fine cheminée soudain aussi légère que la fumée qui est à l'intérieur, et puis les hommes aussi, parce qu'il fallait bien des hommes pour conduire cette bombe lancée sur ses deux rails de fer, les hommes qui eux aussi volent comme des pantins, comme des bouffées sanglantes, ration de sang quotidienne venant huiler les roues du progrès, ça doit être magnifique de voir une locomotive lancée à toute allure, et qui explose. La seconde épreuve prévoyait un parcours de 112 kilomètres, à couvrir à la vitesse de 16 kilomètres-heure. La *Rocket* laissa tout le monde derrière, marchant, tranquille, à 25 kilomètres à l'heure, un sacré spectacle à voir. Quand les comptes furent faits, on décréta qu'elle avait gagné. Ce génie de Stephenson avait gagné. Et il faut bien préciser que tout ceci n'arriva pas dans le secret d'une assemblée intéressée de gros richards cherchant un système rapide et indolore pour transporter n'importe où des wagons remplis de charbon. Non. Tout ceci se grava, indélébile, dans les yeux de dix mille personnes, soit vingt mille yeux, à quelques borgnes près, autant qu'il était accouru de gens ce jour-là, venus de toutes parts jusqu'à Rainhill pour assister à la course du siècle — petite et cependant énorme portion d'humanité attirée là par le pressentiment que quelque chose se passait qui ne tarderait pas à lui faire du remue-ménage dans les mécanismes du cerveau. Ils virent la *Rocket* lancée dans la ligne droite de Rainhill à 85 kilomètres-heure. Et ce n'était peut-être pas le plus stupéfiant pour eux : parce qu'un objet qui allait vite, ça restait quand même une image qu'ils avaient croisée au moins une fois quelque part, ne serait-ce qu'un faucon solitaire plongeant en piqué, ou un tronc d'arbre dans les rapides, ou même une bombe crachée dans le ciel. Mais ce qui les déconcerta, en revanche, ça oui, ce fut cette pensée qui les titilla, cette déduction élémentaire que tôt ou tard, si cette locomotive n'explosait pas, l'histoire les y ferait monter, lancés dans une course folle sur ce chemin de fer, devenus soudain eux-mêmes, eux précisément, faucons plongeant en piqué, troncs d'arbres, et bombes crachées dans le vent. Et il est impossible, absolument impossible, qu'ils n'aient pas pensé tous, absolument tous, avec une générale, craintive et fiévreuse curiosité — comment ça sera le monde, vu de là-haut ? Et aussitôt après : est-ce que ce sera une nouvelle manière de vivre, ou bien une manière plus exacte et plus spectaculaire de mourir ?

Elles se mirent à pleuvoir, ensuite, les réponses, à mesure que fleurissaient les voies ferrées dans toutes les directions et qu'appareillaient les trains, aplanissant les collines et transperçant les montagnes, presque insolents dans leur volonté féroce d'arriver à destination. Dans les oreilles entrait la plainte cadencée des rails tandis que tout vibrait, comme de fatigue, comme d'émotion — une espèce de tic perpétuel qui te sciait l'âme en deux. Et par la fenêtre — par la fenêtre, de l'autre côté de la vitre, défilaient les débris d'un monde mis en pièces, éternellement en fuite, détaillé en milliers d'images longues d'un instant, emportées au loin par une force invisible. « Avant qu'on n'invente les chemins de fer, la nature ne palpitait plus : elle était comme la Belle au bois dormant », écrivirent-ils. Mais bien longtemps après, avec l'esprit de l'escalier. Ils en faisaient de la poésie. Sur le moment, les toutes premières fois où la Belle au bois dormant se faisait violenter par cette machine lancée à une vitesse coupable, ce fut la violence, précisément, qui resta gravée dans les mots et dans les souvenirs. Et la peur. « C'est vraiment comme de voler, et on ne peut pas s'empêcher de penser que le moindre incident serait la mort instantanée pour tout le monde », voilà comment ils voyaient les choses. Et un lien précis se forma sans doute inconsciemment dans leur esprit entre ce pressentiment de mort et l'image déformée que, par la fenêtre et au prix de leur vie, le monde tout entier leur offrait de lui-même. Comme les morts, devant les yeux desquels passe en un instant la vie entière, défilant à toute vitesse. Devant leurs yeux à eux défilaient des prairies, des gens, des maisons, des rivières, des animaux...

Il faut imaginer ça, d'un côté la peur et de l'autre ce bombardement d'images, ou plutôt l'une, la peur, à l'intérieur de l'autre, le bombardement, comme les ondes concentriques d'un seul et même étouffement, angoissant, bien sûr, mais aussi... quelque chose comme une déchirure soudaine de la perception, quelque chose qui devait porter en soi l'étincelle d'une sorte de plaisir brûlant — une vrille de plus en plus serrée du rythme des perceptions, depuis le départ lent jusqu'à cette course inconditionnelle à l'intérieur des choses, tout un protocole vertigineux d'images qui s'entassent en désordre, s'amoncellent dans les yeux, blessures inguérissables dans la mémoire, esquilles, passage de couleurs à grands traits, objets en fuite, poussière de choses — il *fallait* que ça soit aussi du *plaisir,* nom de Dieu — « intensification de la vie nerveuse », dira plus tard Simmel — ça ressemble à un rapport médical — et en effet elle a bien le profil, et la saveur, d'une maladie, cette hypertrophie du voir et du sentir — les mailles de ton cerveau se tendaient, douloureusement, jusqu'à la rupture, comme des toiles d'araignées fatiguées à qui on demanderait après des siècles de sommeil de saisir au vol des images devenues folles, silhouettes semblables à des insectes assommés net par le tourbillon de la vitesse, et l'araignée, c'est-à-dire toi, qui s'escrime en tous sens, prise entre l'ivresse de la grande bouffe et l'exacte, précise et numérique certitude que la toile ne va pas tarder à craquer pour de bon, à se recroqueviller sur elle-même, caillot pendant de bave, inutilisable bouillie, définitivement indémêlable nœud, géométries parfaites à jamais perdues, bol abject de cervelle désagrégée — le plaisir lancinant de dévorer des images à une cadence surhumaine et la douleur de cette cage de fils tendue jusqu'à l'exténuation — le plaisir et la sourde rumeur de cet effritement — le plaisir et dedans, sournoise, la maladie — le plaisir et dedans la maladie, la maladie et dedans le plaisir

— tous deux à se courir après dans le cocon de la peur — la peur et dedans le plaisir et dedans la maladie et dedans la peur et dedans la maladie et dedans le plaisir — et tu en avais l'âme toute retournée, à l'unisson avec les roues du train déchaînées sur ce chemin de fer — perverse rotation toute-puissante — et la mienne aussi se retourne, broyant les instants, les années — perverse rotation toute-puissante — sait-on s'il y a moyen d'arrêter ça, et même si c'est l'arrêter qu'il faut — s'il est vraiment écrit que ça doit faire aussi mal — et où tout ça a-t-il commencé, si on le savait on pourrait peut-être remonter là-haut, tout en haut de cette descente à couper le souffle, tout au début des rails, et réfléchir encore un peu avant de — et en toi aussi ça se retourne, perverse rotation toute-puissante — est-ce que c'est une *force*, ou juste une défaite éreintée — et même si c'était de la *force* et de la *vie*, fallait-il vraiment que ce soit ça ? cruel et minutieux carnage qui te bourgeonne à l'intérieur — sait-on s'il y a un moyen de l'arrêter, ou un endroit — un endroit, n'importe lequel, où ne soufflerait pas la bise de cette rotation perverse enroulant la spirale de cette progressive et peut-être irréversible fatigue, obsession misérable qui ronge la prise inattaquable des plus magnifiques désirs — le plaisir et dedans la maladie et dedans la peur et dedans le plaisir et dedans la maladie et dedans la peur et dedans — que quelqu'un vienne et sans rien dire l'arrête, la réduise au silence dans un coin victorieusement tranquille, que quelqu'un à jamais la noie dans la fange d'une vie quelconque à vivre dans un temps où il n'y aurait plus d'heures — ou qu'il mette fin à tout ça, en un instant sans mémoire — en un instant — qu'il y mette fin. Dans les trains, pour sauver leur peau, pour arrêter la rotation perverse de ce monde qui les martelait là-bas de l'autre côté de la vitre, et pour esquiver la peur, et pour ne pas se laisser engloutir par le vertige de la vitesse qui forcément cognait sans cesse dans leur cerveau autant que sur la forme de ce monde frôlant l'autre côté de la vitre sous des apparences jamais vues jusque-là, surprenantes sans doute, mais impossibles, parce que s'abandonner à elles un seul instant relançait instantanément la course de la peur, et donc cette épaisse et profonde angoisse qui au moment de se cristalliser en pensée se révélait de toute façon n'être rien d'autre que la sourde pensée de la mort — dans les trains, pour sauver leur peau, ils prirent l'habitude de s'en remettre à un geste méticuleux, un exercice d'ailleurs conseillé par les médecins eux-mêmes et d'illustres savants, une stratégie minuscule de défense, évidente mais géniale, un petit geste exact, et splendide.

Dans les trains, pour échapper à ça, ils lisaient.

Le baume parfait. L'exactitude fixe de l'écriture comme suture d'une terreur. L'œil qui trouve dans les infimes virages dictés par les lignes une échappatoire nette à ce flux indistinct d'images que la fenêtre impose. On vendait, dans les gares, des lampes exprès pour ça, des lampes de lecture. Elles se tenaient d'une main, elles dessinaient un cône intime de lumière à fixer sur la page ouverte. Il faut imaginer ça. Un train lancé dans une course furieuse sur deux lames de fer, et dans ce train un petit coin d'immobilité magique minutieusement découpé par le compas d'une petite flamme. La vitesse du train et la fixité du livre éclairé. L'éternellement changeante multiformité du monde tout autour, et le microcosme pétrifié d'un œil qui lit. Comme un noyau de silence au cœur d'une détonation. Si l'histoire n'était pas vraie, si ce n'était pas la vraie histoire, on pourrait se dire : c'est juste une jolie métaphore exacte. Au sens où peut-être, toujours, et pour tout le monde, *lire* ce n'est jamais que fixer un point pour ne pas se laisser séduire, et détruire, par la fuite incontrôlable du monde. On ne lirait pas, rien, si ce n'était par peur. Ou pour renvoyer à plus tard la tentation d'un désir destructeur auquel, on le sait, on ne saura pas résister. On lit pour ne pas lever les yeux vers la fenêtre, voilà la vérité. Un livre ouvert c'est toujours la présence assurée d'un lâche — les yeux cloués sur ces lignes pour ne pas se laisser voler le regard par la brûlure du monde — les mots qui l'un après l'autre poussent le fracas du monde vers un sourd entonnoir par où il s'écoulera dans ces petites formes de verre qu'on appelle des livres — le moyen le plus raffiné de battre en retraite, voilà la vérité. Une obscénité. Et cependant : *la plus douce.* C'est ça le plus important, et il faudra toujours le rappeler, et le transmettre, de proche en proche, de malade à malade, comme un secret, comme le secret, que jamais il ne s'évapore dans la renonciation de quiconque ou la force de quiconque, que toujours il survive dans la mémoire d'au moins une âme exténuée, et y résonne comme un verdict capable de faire taire qui que ce soit : lire est une obscénité bien douce. Qui peut comprendre quelque chose à la douceur s'il n'a jamais penché sa vie, sa vie tout entière, sur la première ligne de la première page d'un livre ? Non, l'unique, la plus douce protection contre toutes les peurs c'est celle-là — un livre qui commence. Et c'est ainsi qu'en même temps que des milliers d'autres choses, chapeaux, manteaux, animaux, chansons, ambitions, valises, bouteilles, lunettes, argent, lettres d'amour, armes à feu, maladies, souvenirs, bottes, fourrures, éclats de rire, tristesses, regards, familles, sous-vêtements, miroirs, gants, larmes, odeurs, rumeurs, en même temps que ces milliers de choses qu'on savait depuis longtemps ramasser par terre et lancer à des vitesses prodigieuses, ces trains qui rayaient le monde en tous sens comme de fumantes blessures emportaient également en eux la solitude inestimable de ce secret : l'art de lire. Tous ces livres ouverts, une infinité de livres ouverts, comme de petites fenêtres ouvertes sur le dedans du monde, semées sur un projectile qui offrait au regard, si seulement on avait eu le courage de lever les yeux, le spectacle étincelant du monde de dehors. Le dedans du monde et le monde de dehors. Le dedans du monde et le monde de dehors. Le dedans du monde et le monde de dehors. Et à la fin, en somme, tu choisis une fois de plus le dedans du monde, pendant que ferraille autour de toi la tentation d'en finir une bonne fois, et de te risquer à le regarder, ce monde de dehors, comment il est finalement, et pourquoi il devrait faire si peur, elle ne va donc jamais s'en aller cette peur lâche de mourir, de mourir, mourir, mourir, mourir ? La mort la plus absurde mais, dans un autre sens, la plus logique également, et la plus juste et la plus responsable, ce fut Walter Huskisson qui la rencontra, le sénateur Walter Huskisson. Il était sénateur, donc, et il s'était bagarré plus que n'importe qui pour que le parlement et la nation et le monde tout entier acceptent la révolution des voies ferrées, et plus généralement cette folie bénéfique des trains. Aussi eut-il une place d'honneur dans le wagon des autorités quand enfin, en 1830, avec grande solennité et abondance de fastes, on procéda à l'inauguration de la ligne Liverpool-Manchester, en faisant partir de Liverpool rien de moins que huit trains, les uns derrière les autres, le premier, c'était George Stephenson en personne qui le conduisait, debout sur sa *Northumbrian*, et dans le dernier il y avait une fanfare qui joua pendant tout le voyage, quelle musique, on n'en sait rien, ni même si elle avait réalisé qu'elle était proba- blement la première fanfare, absolument la première dans toute l'histoire du monde, à jouer une musique qui filait à cinquante kilomètres à l'heure. À mi-parcours on décida de faire une pause, de s'arrêter dans une petite gare intermédiaire, pour que les gens puissent se reposer de l'émotion, et de la fatigue, et des secousses et de l'air et de ce monde qui n'arrêtait pas de défiler à toute allure de chaque côté — bref, on décida de l'arrêter un peu, ce monde, et on choisit une petite gare intermédiaire et solitaire, au milieu de rien. Les gens descendirent des wagons, et Walter Huskisson en particulier descendit du sien, qui était celui des autorités, et en descendit le premier, circonstance qui se révéla non indifférente puisque à peine descendu — le premier, et du wagon des autorités — il fut renversé par l'un des huit trains, qui avançait lentement sur la voie d'à côté, mais pas assez lentement pour pouvoir freiner devant le sénateur Walter Huskisson, lequel au même instant descendait, le premier, du wagon des autorités. Le train l'avait accroché par le travers, à dire vrai. Et il le laissa là, avec une jambe broyée et dans les yeux une stupeur abasourdie. Ç'aurait pu être la plus retentissante des claques, la plus éclatante des contre-preuves pour ceux qui dénonçaient le pouvoir démoniaque et destructeur de ces machines infernales qui n'avaient même pas honte d'écraser le plus passionné et le plus sincère de leurs pères et défenseurs. Ç'aurait pu être la ruine définitive et irréfutable de leur réputation. Mais le sénateur avait encore quelques

bribes de passion à dépenser et il réussit à ne pas
mourir là. Il tint bon. On fit alors faire demi-tour
à un train — comment, on l'ignore — et on le
renvoya à la vitesse maximale vers Liverpool après
y avoir chargé le corps démoli du sénateur, brisé
mais vivant, accroché à la vie par un souffle, mais
toujours là, suffisamment broyé de douleur pour
en devenir fou, mais encore assez vivant pour
s'apercevoir qu'un train dévorait pour lui l'air et
le temps, lancé à la vitesse maximale sur le rien
de ces deux rails de fer dans le seul but d'arriver,
tout au bout, à le sauver. Bon, s'il faut tout dire,
il ne le sauva pas. Mais le sénateur arriva vivant à
l'hôpital de Liverpool, et là, mourut, là et pas
avant. Si bien que le lendemain, dans tous les journaux, au milieu des grandes pages consacrées à
l'inauguration historique, il y eut bien, en effet,
un entrefilet relatant la mort du sénateur Walter
Huskisson, non sous le titre, pas si illogique pourtant, de « Un sénateur renversé par un train »,
mais sous celui, plus prudent, de « Un train lancé
à toute vitesse pour sauver le sénateur », sous
lequel le chroniqueur de service, d'une plume ins-
pirée, racontait la course épique contre le temps,
la capacité formidable du monstre mécanique à
dévorer l'espace et le temps pour transporter le
corps râlant du sénateur jusqu'à l'hôpital de Liverpool en deux heures et vingt-trois minutes seulement, prouesse immense, acrobatie futuriste
grâce à laquelle le sénateur ne connut pas le famé-
lique destin de crever la tête sur un caillou,

au beau milieu de la campagne, mais celui, plus
noble, de s'éteindre dans le giron de la médecine
officielle, dans un vrai lit, et avec un toit au-dessus
de la tête. C'est ainsi que l'affaire se termina, et
ce qui aurait pu être le pire des coups du sort, la
ruine finale et décisive de la réputation du train,
devint alors au contraire la plaidoirie ultime et
grandiose du sénateur Walter Huskisson pour la
défense de ce même train, en tant qu'idée et en
tant qu'objet, son dernier et historique discours,
discours muet, d'ailleurs, guère plus qu'un râle
lancé à 70 kilomètres-heure dans l'air du soir. Et
bien qu'il ne soit rien resté de lui, dans les souvenirs de l'Histoire, c'est certainement à des gens
comme lui que l'Histoire doit de se souvenir de
ce temps où pour la première fois les trains étaient
des trains. Des centaines de personnes, et de plus
obscures aussi, toutes se consacrant silencieusement à bâtir ce pari grandiose de l'imagination,
qui tout à coup réalisait à la fois la compression
de l'espace et le découpage du temps, redessinant
les cartes géographiques de la terre et les rêves
des gens. Ils n'eurent pas peur que le monde se
désagrège, à le ceinturer ainsi, avec ces routes de
fer, ou peut-être qu'ils eurent juste un instant de
frayeur, au début, quand avec une délicatesse
affectueuse, à sa manière, ils tracèrent les premières routes de fer à côté des routes normales,
juste à côté, virage après virage, ce qui était une
façon de chuchoter l'avenir au lieu de le crier,
pour qu'il ne soit pas trop effrayant à entendre,

et ils continuèrent à le chuchoter jusqu'à ce que l'un d'eux réfléchît qu'il était peut-être temps maintenant de libérer cette idée de toutes les autres, et ils la libérèrent alors, s'écartant des routes de toujours et déchaînant les rails dans la solitude de leur force pour labourer des trajectoires jamais imaginées auparavant.

Tout cela eut lieu, un jour. Et ce ne fut pas rien, mais quelque chose d'énorme — énorme — à tel point qu'il est difficile de se l'imaginer d'un seul bloc, en une seule fois, avec tout ce que ça comportait, toute la foule des conséquences qui crépitaient à l'intérieur, un univers de vétilles mais gigantesques c'est difficile sûrement, et pourtant, si seulement on arrivait à se la représenter, cette chose énorme, à entendre le bruit qu'elle fit en explosant, à ce moment-là, dans l'esprit de ces gens, si seulement on arrivait un instant à se l'imaginer, alors on parviendrait peut-être à comprendre comment il se fait que ce soir-là, quand le clocher de Quinnipak se mit à sonner minuit et que Jun se pencha sur le visage de monsieur Reihl pour lui demander « Alors, qu'est-ce qu'il m'a acheté cette fois-ci, ce fou de monsieur Reihl ? », monsieur Reihl la serra fort et, en se disant que jamais il ne cesserait de la désirer, lui chuchota

— Une locomotive.

2

— Vous pouvez me répéter ma note, monsieur Pekisch ?

— Ce n'est pas possible que chaque semaine vous l'ayez oubliée, madame Trepper...

— Je vous le dis, à moi aussi ça me paraît incroyable, et pourtant...

Pekisch fouilla dans son sac pour trouver le sifflet idoine, souffla dedans, et un *la* bémol résonna nettement dans la salle.

— Voilà, c'est celle-là... vous savez, elle ressemble à celle de madame Arrani, on dirait vraiment la même, et en fait...

— Madame Arrani a le *sol*, c'est une note complètement différente...

Madame Arrani confirma en claironnant dans les aigus son *sol* personnel.

— Merci, madame, ce sera suffisant...

— C'était juste pour vous aider...

— Bien sûr, c'est parfait, mais silence maintenant...

— Excuse-moi, Pekisch...

— Qu'est-ce qu'il y a, Brath ?

— Je voulais seulement faire remarquer que le Dr Meisl est absent.

— Quelqu'un a vu le docteur ?

— Le docteur est pas là, il est allé chez les Ornevall, il paraît que madame Ornevall a les douleurs...

Pekisch hocha la tête.

— Quelle était la note du docteur ?

— Le *mi.*

— Eh bien, c'est moi qui ferai le *mi.*

— Pekisch, si tu veux moi je peux faire le *mi* et Arth il fait mon *si* et...

— Ne compliquons pas les choses, d'accord ? C'est moi qui ferai le *mi.* Chacun garde sa note et le *mi* c'est moi qui le fais.

— Le docteur le faisait très bien...

— C'est bon, c'est bon, la prochaine fois aussi il le fera très bien, maintenant occupons-nous de commencer... s'il vous plaît, silence...

Trente-six paires d'yeux se fixent sur Pekisch.

— Ce soir nous allons exécuter *Ô bosquets enchantés, ô ma forêt natale.* Première strophe à mi-voix, et surtout, plus enlevé pour le refrain. Okay. Tout le monde en place. Comme d'habitude : vous oubliez qui vous êtes et vous laissez faire la musique. Prêts ?

Tous les vendredis soir Pekisch jouait de l'humanophone. C'était un instrument bizarre. Il l'avait inventé lui-même. Il s'agissait dans la pratique d'une sorte d'orgue mais où à la place des tuyaux il y aurait eu des personnes. Chaque personne émettait une note et une seule : sa note personnelle. Pekisch manœuvrait le tout à partir d'un clavier rudimentaire : quand il appuyait sur une touche, un système complexe de cordes envoyait une secousse au poignet droit du chanteur correspondant : quand il sentait la secousse, le chanteur émettait sa note. Si Pekisch maintenait la touche enfoncée, la corde continuait à tirer et le chanteur à émettre sa note. Quand Pekisch laissait la touche remonter, la corde se relâchait et le chanteur se taisait. Bon.

Au dire de son inventeur, l'humanophone présentait un avantage fondamental : il permettait aux personnes qui chantaient le plus faux de chanter quand même en chœur. En effet, si bien des gens sont incapables d'aligner trois notes sans chanter faux, il est en revanche beaucoup plus rare de trouver quelqu'un qui ne puisse pas émettre une note unique avec une intonation parfaite et un bon timbre.

L'humanophone reposait sur cette capacité quasi universelle. Chaque exécutant n'avait à se soucier que de sa note personnelle : le reste, Pekisch s'en occupait.

Évidemment l'instrument n'était pas susceptible d'une grande souplesse et avait tendance à la débandade quand il s'agissait d'aborder des passages particulièrement rapides ou embrouillés. En considération de cela également, Pekisch avait mis au point un répertoire adapté, presque intégralement constitué de variations de son cru autour de thèmes populaires. Pour affiner le résultat, il comptait sur un travail patient de pédagogie et sur l'efficacité de son éloquence.

— Vous ne venez pas, ici chanter une note quelconque. Vous venez ici chanter *votre* note. Ça n'est pas rien : c'est quelque chose de magnifique. Avoir une note, je veux dire : une note rien qu'à soi. La reconnaître, entre mille, et l'emporter en soi, à l'intérieur de soi, avec soi. Vous ne me croirez peut-être pas, mais je vous le dis, quand vous respirez elle respire, quand vous dormez elle vous attend, elle vous suit partout où vous allez, et je vous jure qu'elle ne vous lâchera pas, aussi longtemps que vous ne vous serez pas décidés à crever, et ce jour-là elle crèvera avec vous. Vous pourrez faire comme si de rien était, venir ici et me dire cher Pekisch je regrette mais je ne suis pas vraiment persuadé d'avoir une note en moi, et repartir comme vous êtes venus, tout simplement... mais la vérité, c'est que cette note, elle est là... elle est là, mais vous ne voulez pas l'écouter. Et ça c'est complètement idiot, c'est un sommet de l'idiotie, une idiotie à en rester les bras ballants. Chacun a sa note, la sienne propre et s'il préfère la laisser pourrir en lui... non... écoutez-moi bien... même si la vie fait un bruit d'enfer aiguisez bien vos oreilles jusqu'à ce que vous arriviez à l'entendre, et à ce moment-là cramponnez-vous à elle de toutes vos forces, ne la laissez plus vous échapper. Emportez-la avec vous, répétez-la quand vous tra-

91

vaillez, chantez-la dans votre tête, laissez-la résonner dans vos oreilles, et sous la langue et sous le bout des doigts. Et peut-être aussi le bout des pieds, oui, qui sait si ça ne vous aiderait pas à arriver à l'heure pour une fois, c'est impossible qu'à chaque fois on commence avec une demi-heure de retard, chaque vendredi en retard, je le dis aussi pour vous, monsieur Potter, et même surtout pour vous, avec tout le respect que je vous dois, mais je n'ai jamais vu votre *sol* pénétrer par cette porte avant huit heures et demie, jamais, tout le monde peut m'en être témoin : jamais.

En somme, il leur remontait les bretelles d'une manière élégante, Pekisch. Et les gens restaient là à l'écouter. Ce qui explique pourquoi, hormis l'exception intermittente de madame Trepper, toutes les composantes de l'humanophone faisaient preuve dans l'intonation d'une assurance véritablement singulière. On pouvait les arrêter à n'importe quel moment et en n'importe quel lieu pour demander à entendre leur note, eux, avec infiniment de naturel, ils la chantaient, aussi exacts que des cuivres, et pourtant c'étaient des hommes. En effet, ils l'emportaient avec eux (en eux-mêmes et sur eux) exactement comme Pekisch disait, comme un parfum, comme un souvenir, comme une maladie. Bon. Et à la longue, ils *devenaient* cette note-là. Pour dire, quand le révérend Hasek mourut (cirrhose du foie) il fut clair pour tout le monde qu'était mort non seulement le révérend Hasek mais aussi, et, en un certain sens, surtout, le *fa* dièse le plus bas de l'humanophone. Les deux autres *fa* dièse (monsieur Wouk et madame Bardini) prononcèrent le discours commémoratif et Pekisch composa pour l'occasion un rondeau pour fanfare et humanophone qui utilisait toutes les notes sauf la note défunte. La chose suscita une vive émotion.

C'est dire.

— Excuse-moi, Pekisch...

— Qu'est-ce qu'il y a, Brath ?

— Je voulais seulement faire remarquer que le docteur Meisl est absent.

— Quelqu'un a vu le docteur ?

— Le docteur est pas là, il est allé chez les Ornevall, il paraît que madame Ornevall a les douleurs...

Pekisch hocha la tête.

— Quelle était la note du docteur ?

— Le *mi.*

— Eh bien, c'est moi qui ferai le *mi.*

— Pekisch, si tu veux moi je peux faire le *mi* et Arth il fait mon *si* et...

— Ne compliquons pas les choses, d'accord ? C'est moi qui ferai le *mi.* Chacun garde sa note et le *mi* c'est moi qui le fais.

— Le docteur le faisait très bien...

— C'est bon, c'est bon, la prochaine fois aussi il le fera très bien, maintenant occupons-nous de commencer... s'il vous plaît, silence...

Trente-six paires d'yeux se fixent sur Pekisch.

— Ce soir nous allons exécuter *Ô bosquets*

enchantés, ô ma forêt natale. Première strophe à mi-voix, et surtout, plus enlevé pour le refrain. Okay. Tout le monde en place. Comme d'habitude : vous oubliez qui vous êtes et vous laissez faire la musique. Prêts ?

Deux heures plus tard ils s'en revenaient à la maison, Pekisch et Pehnt, Pehnt et Pekisch, glissant dans l'obscurité vers la petite villa de la veuve Abegg où l'un avait sa chambre de pensionnaire à vie et l'autre son lit de similifils provisoire. Pekisch sifflotait la mélodie de *Ô bosquets enchantés, ô ma forêt natale.* Pehnt marchait en mettant un pied devant l'autre comme sur un fil invisible suspendu au-dessus d'un canyon de quatre cents mètres de profondeur, peut-être même un peu plus.

— Dis, Pekisch...

— Mmmh...

— J'en aurai une, moi, de note ?

— Bien sûr que tu en auras une.

— Et quand ?

— Dans pas longtemps.

— Pas longtemps combien ?

— Peut-être quand tu deviendras aussi grand que ta veste.

— Et ça sera quelle note ?

— Je ne le sais pas, mon garçon. Mais quand le moment sera venu, je la connaîtrai.

— Tu es sûr ?

— Je le jure.

Pehnt recommença à marcher sur son fil imaginaire. Ce qui était bien, c'était que même quand il tombait il ne se passait rien. C'était un canyon très profond. Mais un canyon gentil. Il te laissait le droit à l'erreur, la plupart du temps.

— Dis, Pekisch...

— Mmmh...

— Tu en as une, toi, de note, hein ?

Silence.

— Quelle note c'est, Pekisch ?

Silence.

— Pekisch...

Silence.

Parce que, pour dire toute la vérité, il n'en avait pas, de note à lui, Pekisch. Il se faisait vieux, il jouait de mille instruments, il en avait inventé autant, il avait une infinité de sons qui lui bouillonnaient dans la tête, il était capable de voir les sons, ce qui n'est pas la même chose que les entendre, il savait de quelle couleur étaient les bruits, un par un, il entendait le son même d'une pierre immobile, mais de note à lui, non, il n'en avait pas. Ce n'était pas une histoire simple. Il avait trop de notes en lui pour trouver la sienne. C'est difficile à expliquer. Mais c'était comme ça. L'infini l'avait engloutie, cette note, comme la mer peut engloutir une larme. Tu peux toujours essayer de la repêcher... tu y passeras ta vie. La vie de Pekisch. Une chose pas facile à comprendre. Peut-être celui qui aurait été là, la fameuse nuit où il pleuvait à verse et où le clocher de Quinnipak sonnait onze heures, peut-être celui-là pourrait comprendre, s'il avait tout vu de ses propres yeux, s'il l'avait vu, Pekisch, cette nuit-là. Alors oui, il comprendrait peut-être, celui-là. Il pleuvait comme vache qui pisse et le clocher de Quinnipak a commencé à sonner onze heures. Il faudrait avoir été là, alors. En cet instant, avoir été là. Pour comprendre. Quelque chose de tout ce tout.

3

L'INGÉNIEUR des chemins de fer s'appelait Bonetti. Très élégant, pas beaucoup de cheveux sur la tête. Parfumé d'une manière exagérée. Il consultait avec une fréquence singulière sa montre de gousset, ce qui le faisait paraître toujours sur le point de s'en aller, réclamé par des obligations pressantes. En réalité c'était une habitude qu'il avait contractée des années auparavant, le jour où, dans la foule de la fête de la Saint-Patrice, on lui avait volé une montre identique à celle-ci, un précieux souvenir de famille. Ce n'était pas qu'il regardait l'heure : il vérifiait si sa montre était toujours là. Quand il arriva à Quinnipak, après trois heures de voiture à cheval, il déclara brièvement :

— La nécessité d'un chemin de fer dans cette, disons, ville, n'est pas seulement logique mais absolument et lumineusement évidente.

Puis il descendit de voiture, tenta d'ôter un peu de la poussière qu'il avait sur lui, regarda l'heure, et demanda où était la maison de monsieur Reihl.

En même temps que lui voyageait son assistant, un petit homme souriant qui, avec un faible sens de l'opportunité, portait le nom de Bonelli. Brath, qui était allé les chercher, leur fit descendre en cabriolet la route qui menait à la fabrique de verre puis, de là, remontait la colline jusqu'à la maison de monsieur Reihl.

— Magnifique maison, commenta l'ingénieur Bonetti en vérifiant l'heure.

— Magnifique, vraiment, répondit Bonelli, à qui d'ailleurs personne n'avait rien demandé.

Ils se réunirent autour d'une table : Bonetti, Bonelli, monsieur Reihl et le vieil Andersson. « À ce que je sais, les rails on les fait pas en verre : qu'est-ce que je viens faire ici, moi ? » avait protesté le vieil Andersson. « Toi, tu viens et tu écoutes, je m'occupe du reste », avait répondu monsieur Reihl. « Et puis qui a dit ça ? Peut-être qu'en verre ça irait très bien. » Sur la table était étalée une grande carte de la région de Quinnipak. Bonelli était arrivé avec un dossier volumineux et une écritoire de voyage. Monsieur Reihl était en robe d'intérieur. Bonetti regarda sa montre. Le vieil Andersson alluma sa pipe d'écume.

— J'imagine, monsieur Reihl, que vous avez déjà étudié quel sera le parcours de la voie ferrée..., dit Bonetti.

— Pardon ?

— Je veux dire... il faudrait nous spécifier d'où vous comptez faire partir la ligne de chemin de fer et quelle sera la ville où vous comptez la faire arriver.

— Ah, eh bien... le train partira de Quinnipak, ça c'est décidé... ou plutôt, d'ici, il partira plus ou moins d'ici... je pensais au pied de la colline, il y a un grand pré, je crois que c'est l'idéal...

— Et quelle serait la destination ? demanda Bonetti avec un filet de scepticisme dans la voix.

— Destination ?

— La ville dans laquelle faire arriver le train.

— Eh bien, il n'y a aucune ville en particulier où faire arriver le train... non.

— Pardonnez-moi, mais il faut bien qu'il y en ait une...

— Vous croyez ?

Bonetti regarda Bonelli. Bonelli regarda Bonetti.

— Monsieur Reihl, les trains servent à transporter des marchandises et des personnes d'une ville à une autre, voilà quel est leur sens. Si un train n'a pas de ville où arriver c'est un train qui n'a pas de sens.

Monsieur Reihl soupira. Il laissa passer un instant puis il parla, d'une voix pleine de patience et de compréhension :

— Cher monsieur l'ingénieur Bonetti, le seul vrai sens d'un train c'est de filer à la surface de la terre à une vitesse qu'aucune personne ou aucun objet n'est capable d'avoir. Le seul vrai sens d'un train c'est que l'homme monte dedans et voie le monde comme il ne l'avait jamais vu avant, et qu'il en voie beaucoup, en une seule fois, plus qu'il n'en avait jamais vu en mille voyages en voiture à cheval. Et si cette machine parvient en même temps à transporter un peu de charbon ou quelques vaches d'un endroit à un autre, c'est autant de gagné : mais ce n'est pas l'important. C'est pourquoi, en ce qui me concerne, mon train n'a nullement besoin d'une ville où arriver parce que, d'une manière générale, il n'a besoin d'arriver nulle part, son rôle étant de filer à cent à l'heure au milieu du monde et non pas d'arriver dans un endroit quelconque.

L'ingénieur Bonetti décocha un coup d'œil furibond à Bonelli, qui n'y était pour rien.

— Mais tout ceci est absurde ! Si les choses étaient comme vous dites, alors autant construire un chemin de fer circulaire, une grande boucle d'une dizaine de kilomètres, et y faire rouler un train qui, après avoir brûlé des kilos de charbon et fait dépenser un tas d'argent, parviendrait à ce formidable résultat de ramener tout le monde au point de départ !

Le vieil Andersson fumait sans broncher. Monsieur Reihl poursuivit avec un calme olympien :

— Ça c'est une autre histoire, cher monsieur l'ingénieur, il ne faut pas tout confondre. Comme je vous l'ai expliqué dans ma lettre, mon désir serait de construire une ligne de chemin de fer de deux cents kilomètres parfaitement droite, et je vous ai également expliqué pourquoi. La trajectoire d'un projectile est rectiligne et le train est un projectile tiré dans l'air. Vous savez, c'est très beau l'image d'un projectile lancé : c'est la métaphore exacte du destin. Le projectile suit sa course et on ne sait pas s'il va tuer quelqu'un ou s'il va finir dans le néant, mais en attendant il fonce, et c'est déjà écrit dans sa course, si au bout il écrasera le cœur d'un homme ou s'il fendra un mur en deux. Est-ce que vous le voyez, le destin ? Tout est déjà écrit et pourtant on ne peut rien y lire. Les trains sont des projectiles, et ils sont eux aussi des métaphores exactes du destin : beaucoup plus belles et beaucoup plus grandes. Bon, eh bien, moi je trouve que c'est merveilleux de dessiner sur la surface de la terre ces monuments qui ont la trajectoire incorruptible et linéaire du destin. Ils sont comme des tableaux, des portraits. Ils transmettront pendant des années la trace de ce que nous appelons le destin. C'est pourquoi mon train ira tout droit sur deux cents kilomètres, cher monsieur l'ingénieur, et il n'y aura pas de virages, non, pas de virages.

L'ingénieur Bonetti restait là, debout, avec le visage comme pétrifié par une expression d'ahurissement total. On aurait presque cru, à le voir, que quelqu'un était une nouvelle fois arrivé à lui piquer sa montre.

— Monsieur Reihl !

— Oui, monsieur l'ingénieur...

— MONSIEUR REIHL !

— Dites.

Mais au lieu de dire, Bonetti s'effondra sur sa

chaise, comme un boxeur qui, après avoir lancé deux ou trois crochets dans le vide, tomberait, découragé, au tapis. Ce fut alors que Bonelli se révéla n'être pas tout à fait exactement une nullité.

— Vous avez parfaitement raison, monsieur Reihl, dit-il.

— Merci... monsieur...

— Bonelli.

— Merci, monsieur Bonelli.

— Oui, vous avez parfaitement raison, et bien que les objections de monsieur l'ingénieur soient absolument fondées, on ne peut nier que vous ayez des idées très précises sur ce que vous voulez, et que par conséquent vous méritez d'obtenir. Néanmoins, si vous m'y autorisez, je me permettrais de vous dire que l'éventualité du choix d'une ville comme point d'arrivée pour votre train est un élément qu'il ne faudrait pas exclure d'une manière aussi draconienne. Si, comme il me semble l'avoir compris, le choix de l'endroit où les rails aboutiraient vous est totalement indifférent, vous pourriez alors ne pas voir d'un mauvais œil le fait que, disons, *par hasard,* cet endroit soit une ville, une ville quelconque. Voyez-vous, une éventualité de ce genre résoudrait pour nous un certain nombre de problèmes : il serait plus simple de construire la ligne de chemin de fer et il serait plus simple, dans un lendemain proche, d'y faire rouler un train.

— Pourriez-vous résumer ?

— Simple : indiquez-nous sur cette carte une ville quelconque qui soit à deux cents kilomètres d'ici, et vous aurez vos deux cents kilomètres de rails rectilignes avec dessus un train qui roulera à cent à l'heure.

Monsieur Reihl ébaucha un sourire étonné et satisfait. Il lança un coup d'œil en direction du vieil Andersson puis se courba sur la carte. Il l'étudiait comme s'il ne l'avait jamais vue auparavant, ce qui était d'ailleurs tout à fait probable. Il prenait des mesures avec ses doigts, marmonnait quelque chose, laissait errer son regard. Autour de lui, silence total. Il se passa peut-être une minute. Puis le vieil Andersson s'arracha à son immobilité, se pencha sur la carte, utilisa sa pipe pour mesurer deux distances, sourit d'un air satisfait, s'approcha de monsieur Reihl et lui chuchota un nom à l'oreille.

Monsieur Reihl se laissa retomber en arrière contre le dossier de sa chaise comme si un objet l'avait frappé.

— Non, dit-il.

— Pourquoi non ?

— Parce que là, ce n'est pas possible, Andersson, ça n'est pas une ville comme les autres.

— Justement. C'est bien parce que ça n'est pas une ville comme...

— Je ne peux pas faire arriver le train là, essaie de comprendre.

— Il n'y a rien à comprendre. C'est très simple.

103

Personne ne nous interdit de le faire arriver là, ce train, personne.

— Personne ne nous l'interdit mais il vaut mieux le faire arriver ailleurs, voilà la vérité.

Bonetti et Bonelli assistaient immobiles et silencieux comme deux pierres tombales.

— Et puis Jun ne me le pardonnerait jamais.

Il se tut, monsieur Reihl, après avoir murmuré « Et puis Jun ne me le pardonnerait jamais ». Et pendant un instant le vieil Andersson se tut lui aussi. Puis il se leva et en se tournant vers les deux hôtes dit

— Ces messieurs voudront bien nous excuser un instant.

Il prit monsieur Reihl par le bras et l'emmena dans la pièce voisine. Salon chinois.

— Non seulement Jun te pardonnera : mais ce sera le dernier et le plus beau des cadeaux.

— Cadeau ? Mais alors ça c'est complètement absurde, elle ne veut même pas en entendre parler, de Morivar, et moi j'y fais arriver un train... non, non, ça n'est pas une bonne idée, Andersson...

— Écoute-moi bien, monsieur Reihl : vous deux vous pourrez bien ne jamais vous en parler, de Morivar, vous pourrez continuer à garder ce secret pour vous et ce n'est pas moi qui irai le raconter au monde, mais ça ne changera rien : le jour arrivera, et ce jour-là il faudra bien que Jun y aille, à Morivar. Et si vraiment les trains sont faits comme le destin, et que le destin est fait comme les trains, alors moi je dis que ce jour-là il n'y aura pas de manière plus juste et plus belle d'y arriver, à Morivar, que d'y arriver le cul sur un train.

Il se taisait, monsieur Reihl. Il regardait le vieil Andersson et il réfléchissait. De l'intérieur de lui montait une tristesse ancienne, et il savait qu'il ne devait pas la laisser arriver là où elle commencerait à lui faire mal vraiment. Il essaya de penser à un train qui roule, et à rien d'autre, à se laisser emporter par cette idée, un train qui court comme une blessure le long de la campagne de Quinnipak, toujours droit devant lui, jusqu'où, peu importe, jusqu'à l'endroit où les rails disparaissent dans le néant, il faudra bien un endroit mais quel endroit, ou peut-être une ville mais quelle ville, n'importe laquelle, ou bien alors celle-là, justement celle-là, parce qu'il y a mille endroits où un train peut arriver mais ce train-là, lui, a un endroit spécial où arriver, et cet endroit bien sûr c'est Morivar.

Il baissa les yeux.

— Mais Jun ne comprendra pas.

— Ce jour-là. Ce jour-là elle le comprendra.

Quand tous deux revinrent dans la pièce, Bonetti et Bonelli, dans un accès automatique de servilité, firent mine de se lever.

— Restez assis, je vous en prie... voilà donc ce qui a été décidé... le train partira d'ici et arrivera, très précisément, à Morivar. Il devrait y avoir exactement deux cents kilomètres... en allant tout droit, bien entendu.

Bonetti se pencha sur la carte en cherchant du bout de ses doigts grassouillets ce nom qu'il avait déjà entendu quelque part.

— Magnifique ! Je vois que Morivar est au bord de la mer, voilà qui offrira d'excellentes opportunités pour l'exploitation commerciale... votre décision, monsieur Reihl, me paraît idéale, vraiment il me semble que...

— Les opportunités d'exploitation commerciale, comme vous les appelez, n'ont pas la moindre importance, monsieur l'ingénieur. Voudriez-vous plutôt me dire quand il sera possible de commencer les travaux et combien vous croyez que tout ceci pourra coûter ?

L'ingénieur Bonetti retira ses yeux de la carte et sa montre de son gousset, vérifiant à l'aide des premiers l'existence de la seconde. Ce fut Bonelli qui parla, et il était d'ailleurs là pour ça :

— Il va falloir mettre en place un chantier d'environ quatre-vingts personnes... En un ou deux mois nous pourrions faire en sorte qu'il soit à pied d'œuvre. Pour ce qui est du coût, votre désir, parfaitement légitime, de faire aller la voie ferrée en ligne droite nous obligera à quelques travaux supplémentaires... il faudra étudier attentivement le parcours, mais il est probable que des tranchées, quelques terrassements et peut-être même des tunnels seront nécessaires... Quoi qu'il en soit, le chiffre que vous trouverez sur cette feuille pourrait être, à notre avis, approximativement crédible.

Monsieur Reihl prit la feuille. Un seul chiffre y était écrit. Il le lut. Il leva les yeux et, tendant la feuille à Andersson, dit

— Ce n'est pas tout à fait une plaisanterie, mais je crois qu'avec quelques sacrifices nous y arriverons.

Bonelli le regarda dans les yeux.

— Comme c'est l'habitude, ce chiffre correspond à la réalisation de dix kilomètres de voie ferrée. Dans notre cas, il faudrait donc le multiplier par vingt...

Monsieur Reihl reprit la feuille des mains d'Andersson, la relut, leva à nouveau son regard vers Bonelli, le déplaça sur Bonetti, le ramena sur Bonelli.

— Vraiment ?

4

Un homme, comme un pendule, qui sans arrêt va et vient en courant de sa maison à la rue.

Sous le déluge, un homme, comme un pendule devenu fou, va et vient en courant de sa maison à la rue.

Dans la nuit, sous le déluge, un homme, comme un pendule devenu fou, sort en courant de sa maison, s'arrête au beau milieu de la rue, puis se reprécipite à l'intérieur, et de nouveau ressort en courant, et de nouveau galope dans sa maison, et on dirait qu'il ne va plus s'arrêter, jamais.

Dans la nuit, sous le déluge, un homme, comme un pendule devenu fou et complètement trempé, sort en courant de sa maison, s'arrête au beau milieu de la rue, puis se reprécipite à l'intérieur, et de nouveau ressort en courant, et de nouveau galope dans sa maison, et on dirait qu'il ne va plus s'arrêter, jamais, comme s'il était ensorcelé par les coups de la cloche qui à cet instant-là violent l'obscurité et se dissolvent dans l'air liquide de cet abat d'eau sans fin.

Onze coups.
L'un par-dessus l'autre.
Le même son, onze fois.
Chaque coup comme s'il était le seul.
Onze vagues de son.
Et entre les vagues, un temps incalculable.
Onze.
L'un après l'autre.
Des cailloux de bronze dans l'eau de la nuit.
Onze sons imperméables jetés dans la pourriture de la nuit.
C'étaient onze coups claqués dans le déluge par la cloche qui veillait sur la nuit.
Ce fut le premier — oui, le premier — qui prit en traître l'âme de Pekisch, et la brûla.

Pekisch était en train de regarder le déluge de l'autre côté de la vitre. Ou plus exactement de l'*écouter*. Pour lui, tout ceci était d'abord et avant tout une séquence illimitée de sons. Comme il lui arrivait souvent, chaque fois que le monde se produisait dans des symphonies particulièrement complexes, il assistait au spectacle avec une attention hypnotisée, l'âme dévorée par une subtile, fiévreuse nervosité. Ça avait de l'allure ce qu'il jouait, le déluge, et Pekisch écoutait. Dans sa chambre, au fond du couloir de la maison de la veuve Abegg, pieds nus, chemise de nuit de laine grège, visage à un doigt de la vitre, immobile. Le sommeil l'avait quitté. Ils étaient seuls, merveilleusement seuls, le déluge et lui. Mais c'est alors que, dans la nuit, la cloche de Quinnipak décocha son premier coup.

Pekisch l'entendit partir, dribbler les milliers de sons qui dégringolaient du ciel, perforer la nuit, venir lui lécher la cervelle et disparaître au loin. Il sentit comme si quelque chose l'avait accroché par le travers. Une blessure. Il cessa de respirer et instinctivement attendit le second coup. Il l'entendit partir, dribbler les milliers de sons qui dégringolaient du ciel, perforer la nuit, lui trouer la cervelle, et disparaître au loin. À l'instant précis où le silence revint, il le comprit avec la certitude la plus absolue : cette note-là n'existait pas. Il ouvrit toute grande la porte de sa chambre, courut dans le couloir et déboula pieds nus dans la rue. Il l'entendit, pendant qu'il courait, le troisième coup, et puis soudain la muraille d'eau tombant du ciel pour le submerger, mais il ne cessa pas de courir, jusqu'à ce qu'il soit au milieu de la rue. Alors il s'arrêta, les pieds dans la boue, leva la tête vers le clocher de Quinnipak, ferma les yeux, noyés par des larmes qui n'étaient pas les leurs, et attendit qu'il arrive.

Le quatrième coup.

Il mit deux ou trois secondes à l'entendre tout entier, de la première pointe du son jusqu'à la dernière bouffée : puis d'un bond il se précipita vers la maison. Il courait tout en criant une note sous le grand tohu-bohu de l'abat d'eau, contre le vacarme du grand tohu-bohu. Il ne lâcha pas la note même quand il ouvrit la porte de la maison, même quand il courut le long du couloir, patouillant de la boue partout et avec l'eau qui coulait de ses vêtements, de ses cheveux et de son âme, il ne la lâcha pas jusqu'à ce qu'il arrive dans sa chambre devant son piano, Pleyel 1808, bois clair veiné de volutes en forme de nuages, s'asseye devant et commence à chercher parmi les touches. Il cherchait la note, évidemment. *Si* bémol puis *la* puis *si* bémol puis *do* puis *do* puis *si* bémol. Il cherchait la note, la note cachée parmi les touches blanches et noires. De sa main s'écoulait l'eau du grand déluge, partie du fond des cieux pour venir à la fin pleurer sur un clavier d'ivoire et disparaître dans l'interstice entre un *do* et un *ré* — étonnant destin. Il ne la trouva pas. Il cessa de la crier. Il cessa de tripoter les touches. Il entendit un coup de cloche lui arriver, Dieu sait lequel. Il se leva d'un bond, repartit en courant dans le couloir, sauta dans la rue, ne s'arrêta même pas, cette fois, il courait à la poursuite de l'eau et à la rencontre de ce son que la cloche, comme il se doit, lui catapulta à travers un mur liquide — l'infaillibilité imperturbable des cloches — et il recommença à la crier, cette note qui n'existait pas, et en virant à la corde dans le fleuve en crue du grand abat d'eau repartit tout droit dans la maison, glissa sur la boue du couloir jusqu'au Pleyel 1808, bois clair veiné de volutes en forme de nuages, et tout en hurlant en cadence cette note qui n'existait pas, se mit à frapper en cadence les touches les unes après les autres, pour leur arracher ce que précisément elles ne possédaient pas, cette note qui n'existait pas. Et il criait et martelait les touches, *si* bémol puis *do* puis *si* bémol puis *si* bémol puis *si* bémol, et il criait et martelait avec une fureur incrédule ou, qui sait, peut-être un enthousiasme émerveillé — et d'ailleurs étaient-ce des larmes ou des gouttes de pluie qui coulaient furtivement sur son visage ? Quand il repartit en courant le long du couloir il y avait maintenant sur le sol suffisamment d'eau et de boue pour lui permettre d'arriver en glissant jusqu'à la porte, et au-delà de la porte, toujours glissant, jusque dans la rue où, à nouveau, mais avec une respiration qui rythmait en lui un temps tout particulier, comme une horloge folle enfermée dans la caisse de cette immense pendule qu'étaient Quinnipak et son clocher, où à nouveau il leva la tête vers le néant de la nuit pour attraper le plus possible de cette bulle de son qui lui arriva, comme il se doit, du clocher, à travers les mille miroirs de l'abat d'eau jusque dans ses oreilles, et il s'en empara, et comme quelqu'un qui emporterait dans le creux de sa main une gorgée d'eau, galopa à nouveau vers la maison, donner à boire à Dieu sait qui, à lui-même, et ça aurait marché si, arrivé à la moitié du couloir, il n'avait pas découvert que sa main était vide, autrement dit que sa cervelle était vide et silencieuse — ce fut un instant — ce fut peut-être aussi l'intuition de ce qui allait arriver — en tout cas il s'arrêta, au beau milieu du couloir, en s'agrippant aux murs et aux meubles, avant de faire volte-face, comme rappelé par une peur subite, et de s'éjecter à nouveau de l'autre côté de la porte jusqu'au milieu de la rue où, ses pieds disparaissant dans une énorme flaque d'eau trouble, il se laissa tomber à genoux et, se prenant la tête entre les mains, ferma les yeux et pensa « maintenant, que ce soit maintenant », et murmura « ou bien jamais ».

Il restait là, comme une bougie allumée dans une grange qui brûle.

Enseveli par un océan de sons liquides et nocturnes, il attendait une ronde note de bronze.

Un petit mécanisme se mit en route dans le cœur de l'horloge du clocher de Quinnipak.

La grande aiguille bougea et avança d'une minute.

Au milieu d'un océan de sons liquides et nocturnes, glissa jusqu'à Pekisch une ronde bulle de silence. En le frôlant elle éclata, éclaboussant de silence le grand vacarme de l'orage sans fin.

« Oui, cette nuit-là il nous est tombé dessus un véritable ouragan, vous savez, ce n'est pas tellement fréquent dans nos régions, en tout cas je m'en souviens bien... même si, évidemment, ce n'est pas la seule raison pour que je me souvienne de cette nuit-là... d'ailleurs, c'est sûrement une des raisons les moins importantes... quoique... à vrai dire, monsieur Pekisch a toujours prétendu que tout ça était arrivé à cause de la pluie... je ne sais pas si c'est très clair... voyez-vous, il pensait que c'était l'eau qui avait produit ce son étrange... il disait que le son de la cloche en passant à travers ce mur d'eau et en rebondissant sur toutes les gouttes... ça donnait une note différente, quoi... comme si on jouait de l'accordéon au fond de la mer... les sons seraient différents, non ?... enfin je crois... je ne comprends pas toujours ce que dit monsieur Pekisch... Il me l'a pourtant expliqué, une fois... il m'a mise à son piano et il m'a expliqué... il disait qu'entre les touches il y a en réalité une infinité de notes, tout un charivari de notes secrètes, si on peut dire, des notes que nous on n'entend pas... c'est-à-dire que vous et moi, on ne les entend pas, mais lui, monsieur Pekisch, il les entend, et si vous voulez c'est ça la racine de tous ses maux, et de cette inquiétude qui le dévore, oui, qui le dévore... il disait que cette note, cette nuit-là, c'était justement une de ces notes invisibles... vous comprenez, celles qui sont entre les

touches... une note invisible même pour lui...
voilà... enfin je crois... je n'y comprends pas grand-
chose, à tout ça... vous savez ce que disait mon
cher Charlus ? Il disait " la musique est l'harmo-
nie de l'âme ", voilà ce qu'il disait, et je pense
pareil... je n'arrive pas à comprendre comment ça
peut se transformer en maladie... vraiment une
maladie... vous comprenez ?... Quoi qu'il en soit...
quoi qu'il en soit, cette nuit-là, je l'ai vu... ça m'a
réveillée, naturellement... je me suis penchée dans
l'escalier et je l'ai vu qui courait dans le couloir,
et il criait... comme s'il avait perdu la tête. Ça faisait même un peu peur, d'une certaine manière,
alors j'ai préféré ne pas bouger, je suis restée là,
cachée au premier étage pour voir ce qu'il faisait... vous savez, il n'y avait pas encore Pehnt, moi
j'habitais en haut et monsieur Pekisch au rez-
de-chaussée, au fond du couloir... oui, parlons-en,
du couloir... bref, au bout d'un moment j'ai fini
par ne plus rien entendre, comme s'il avait disparu... alors j'ai descendu l'escalier et j'ai traversé
tout le couloir jusqu'à la porte d'entrée... tout
était plein de boue, naturellement, il y avait de
l'eau partout... je suis allée jusqu'à la porte et j'ai
regardé dehors. Mais je ne l'ai pas tout de suite
vu, il y avait un abat d'eau terrible et en plus il
faisait nuit, si bien que je ne l'ai pas vu tout de
suite. Mais j'ai fini par le voir. Et c'était incroyable
mais il était là au milieu de ce déluge, agenouillé
dans la boue, tenant sa tête entre ses mains,
comme ça... je sais que c'est bizarre mais... comme

ça, vraiment... et quand je l'ai vu, je n'ai plus eu peur... et même, pour tout dire... j'ai passé mon manteau et j'ai couru sous la pluie en criant "Monsieur Pekisch, monsieur Pekisch", et lui rien, toujours là, comme une statue... c'était un peu ridicule quand même toute cette scène, vous comprenez ?... lui là, agenouillé, et moi qui sautillais autour de lui dans la boue sous ce déluge... je ne sais pas, mais... à la fin je lui ai pris les mains et il s'est relevé, lentement, et je l'ai fait rentrer... il se laissait emmener, il n'a rien dit... voyez-vous, c'est vrai, je ne savais pas grand-chose de lui... ça faisait seulement quelques mois qu'il habitait chez moi... et finalement, on ne s'était jamais guère dit que bonjour ou bonsoir... je ne savais pas qui il était, moi... c'est vrai... et pourtant je l'ai emmené dans sa chambre et puis... je lui ai ôté sa chemise de nuit toute trempée, comme ça, je ne saurais pas dire pourquoi mais je ne me suis même pas demandé un seul instant si c'était convenable ou pas de faire une chose pareille... je sais simplement que je l'ai fait, et j'ai commencé à le sécher, en lui passant la serviette sur la tête et sur le corps, et lui pendant ce temps-là il tremblait de froid et il ne disait rien. Je ne sais pas, mais... il avait un corps de jeune homme, vous savez ? un jeune homme avec des cheveux gris... étrange... et à la fin je l'ai mis au lit, sous une bonne couverture... voilà. Et peut-être qu'il ne serait rien arrivé si je n'étais pas restée là, à le regarder, assise sur le lit... allez savoir... toujours est-il que je suis restée là, je ne sais pas pourquoi, jusqu'au moment où il m'a prise dans ses bras... comme ça, il m'a serrée fort, et moi j'ai passé mes bras autour de lui, et... on était là serrés l'un contre l'autre sur ce lit, et puis sous les couvertures... voilà... et le reste a suivi... moi je crois que Charlus aurait compris... non, vraiment, ce n'est pas pour me trouver des excuses, mais il était comme ça... il disait " la vie est un verre qu'il faut boire jusqu'au bout ", voilà ce qu'il disait... et c'était vrai... il aurait compris... Après, un peu avant le lever du soleil, je suis sortie tout doucement du lit et je suis retournée dans ma chambre. Le matin, dans la cuisine... il y avait le soleil qui entrait par les fenêtres, et monsieur Pekisch s'est assis à la table et a dit simplement, comme tous les autres jours, " Bonjour, madame Abegg ", et j'ai répondu " Bonjour monsieur Pekisch, bien dormi ? — Très bien "... comme si rien ne s'était passé, ni cette histoire de la cloche, ni tout le reste... pour sortir il est passé par le couloir, ça je m'en souviens très bien, et alors il s'est arrêté, il a fait demi-tour, il est revenu à la porte de la cuisine et sans lever les yeux il m'a dit doucement... il m'a dit quelque chose comme " je suis désolé pour le couloir ", ou une chose comme ça... et je lui ai répondu " ne vous tracassez pas, monsieur Pekisch, ce sera vite nettoyé "... et voilà, c'est tout... c'est bizarre comme des fois il n'y a vraiment rien à dire... plus ou moins voilà l'histoire, en somme... vous savez, il s'est aussi passé plus de quinze années depuis... ça fait si longtemps... des années... non, je n'ai jamais pensé épouser monsieur Pekisch, à vrai dire il ne me l'a pas demandé non plus, ça je dois le dire très sincèrement, il n'a plus jamais dit un seul mot de tout ça, et... de toute façon, je dois avouer que... je ne lui aurais pas dit oui... vous comprenez ?... même s'il me l'avait demandé, j'aurais dit non, parce qu'un homme, j'en ai déjà eu un dans ma vie et... j'ai eu la chance d'aimer un homme et je suis incapable d'imaginer que ça puisse m'arriver une deuxième fois... y pensez-vous ? les mêmes mots, il faudrait que je dise les mêmes mots, ce serait ridicule... non, jamais je ne l'aurais épousé... monsieur Pekisch............ Vous savez, il y a des nuits où... il se passe des fois que, la nuit... quelquefois... monsieur Pekisch entre tout doucement dans ma chambre... ou bien j'entre dans la sienne... c'est vrai, quelquefois on ressent à l'intérieur de soi cette espèce de vilaine fatigue qui fait qu'on n'a plus trop envie de continuer, de résister... on a comme une confusion dans la tête, et cette fatigue... et dans ces moments-là quand la nuit vient on ne se sent pas bien, et ce n'est pas bon de rester comme ça dans le noir, tout seul... il ne faudrait pas qu'il y ait la nuit, quoi... et c'est comme ça que des fois je sors de ma chambre et j'entre sans faire de bruit dans la chambre de monsieur Pekisch... et lui aussi des fois il fait pareil... j'entre dans son lit, et on se serre l'un contre l'autre... vous me direz que ce n'est plus vraiment un âge pour faire certaines choses, ça vous paraîtra ridicule tout ça, je sais bien que je ne suis plus une jolie femme, et que... mais ça s'est passé comme ça, voilà... on se serre l'un contre l'autre, et le reste suit... sans se parler... vous voyez, pendant toutes ces années il n'y a pas eu une seule fois où monsieur Pekisch m'a dit non... et moi, toutes les fois où je l'ai vu entrer tout doucement dans ma chambre, dans le noir, jamais je ne lui ai dit non... ce n'est pas que ça arrive très souvent, vous devez me croire... juste des fois, comme ça... mais jamais je ne lui ai dit non... En fait... en fait, je ne lui ai jamais dit oui non plus, je ne lui ai jamais rien dit, voilà, on ne se dit jamais rien, pas un seul mot... et même après, dans la vie, on n'en a jamais parlé de cette histoire, jamais, pas un seul mot... c'est une sorte de secret... de secret même pour nous... une fois seulement, je me souviens, vous allez rire, mais... une fois je me suis réveillée une nuit, et il était là assis sur mon lit et il me regardait... et je me souviens que cette fois-là il s'est penché sur moi et il m'a dit " Tu es la plus belle femme que j'aie jamais vue ", comme ça... oh, j'étais déjà vieille, à l'époque, et rien de tout ça n'était vrai... et pourtant, malgré tout, c'était vrai... c'était vrai pour lui, à ce moment-là, je sais que ça l'était... uniquement pour lui et uniquement cette nuit-là, mais c'était vrai... Je lui ai dit, une fois, à Pehnt... vous savez, il écrit dans son petit cahier, chaque jour, pour être sûr de tout bien savoir... je le lui ai dit que la vie... je lui ai dit, ce qu'il y a de beau dans la vie est toujours un secret... pour moi ça a été ça... les choses qu'on sait ce sont les choses normales, ou les vilaines choses, mais après, il y a les secrets, et le bonheur c'est là qu'il se cache... ça a toujours été comme ça, pour moi... et je suis sûre qu'il le découvrira à son tour, quand il deviendra grand... elle lui passera, cette envie de savoir... vous savez, je crois qu'il y arrivera, qu'il partira vraiment un jour à la capitale et qu'il deviendra un homme important, il aura une femme, des enfants, et il connaîtra le monde... il y arrivera, je crois... elle n'est pas si grande que ça cette veste, tout compte fait... un jour, il partira... il partira peut-être avec le train, vous savez, le train que monsieur Reihl va construire... Je n'ai jamais vu de train, mais on m'a dit que de là-haut on voit le monde comme si c'était le monde qui bougeait, comme une sorte de lanterne magique... ah, ça doit être vraiment beau, ça doit être très amusant... vous n'y êtes jamais monté ? vous devriez le faire, vous qui êtes jeune vous devriez... mon Charlus ça lui aurait plu, il avait du courage lui, et tout ce qui était nouveau lui plaisait... ça lui aurait plu, le train... évidemment pas autant je lui plaisais moi... non, je voulais rire, n'écoutez pas ce que je dis, je disais ça pour parler, vraiment... comme ça, pour parler...... »

5

— M<small>AIS</small> comment ça fait, monsieur Reihl, comment ça fait quand on va vite ?

Dans le jardin devant la maison, il y avait un peu tous les gens de la maison Reihl. Il y avait aussi quelques ouvriers de la fabrique et tous les domestiques, et monsieur Harp, qui connaissait tout de la terre, et le vieil Andersson, qui connaissait tout du verre, et d'autres encore. Et Jun, et Mormy. Et monsieur Reihl.

— On ne peut pas raconter, c'est impossible... il faut le vivre... c'est un peu comme si le monde n'arrêtait pas de tourbillonner autour de vous... continuellement... en fait c'est un peu comme si... si vous essayez de tourner sur vous-mêmes, comme ça, si vous tournez le plus vite que vous pouvez en gardant les yeux ouverts... comme ça...

Et il se mit à tourner sur lui-même, en effet, avec les bras écartés, monsieur Reihl, et les yeux ouverts, là dans le pré, et la tête légèrement penchée en arrière...

— ...vous tournez comme ça et vous regardez...

voilà, on le voit comme ça le monde quand on est
dans un train... exactement comme ça... vous tournez et vous regardez... voilà ce que ça fait d'aller
vite... la vitesse...

... et en vacillant un peu sur la fin il s'arrêta,
avec la tête qui lui tournait, mais riant quand
même et...

— Allez-y, essayez... vous devez tourner sur
vous-mêmes, le plus fort que vous pouvez et en
gardant les yeux ouverts... allez, vous voulez le
savoir oui ou non ce que ça fait d'aller vite ? eh
bien tournez, que diable, tournez donc.

Si bien qu'en effet, les uns après les autres,
d'abord avec une lenteur prudente puis de plus
en plus vite, ils se mirent tous à tourner sur eux-
mêmes, dans le grand pré — ils écartèrent les bras
et les uns après les autres commencèrent à tourner en regardant droit devant eux, les yeux écarquillés, et ce qu'il y avait devant eux n'arrêtait pas
de changer, pivotait derrière eux en ne laissant
qu'une traînée d'images insaisissables et un
étrange vertige — si bien qu'à la fin ils étaient
tous à tournoyer, dans le grand pré, les ouvriers
de la fabrique, et les servantes qui étaient encore
des gamines, et monsieur Harp, qui connaissait
tout de la terre, et le vieil Andersson, qui connaissait tout du verre, bref, tous autant qu'ils étaient,
les bras écartés et les yeux écarquillés devant eux,
tandis que les rires fusaient de plus en plus aigus
et les cris de plus en plus perçants, et à la fin il y
en avait qui se laissaient tomber par terre, et ils

se cognaient les uns dans les autres, tournant à perdre haleine, criant, riant, les jupes qui faisaient corolle, des chapeaux qui tombaient, des imprécations amusées dans l'air, et les yeux pleins de larmes à force de rire, droit, pour finir, dans les bras les uns des autres, celui-là qui a perdu sa chaussure, les plus gamines criant d'une voix de verre, et le vieil Andersson qui marmonne quelque chose, et ceux qui tombent au bout d'un moment se relèvent et essaient de se remettre à tourner dans le grand branle-bas général, la grande toupie générale et collective, tant et si bien que si quelqu'un voyait ça de là-haut, comme avec l'œil de Dieu, il verrait ce grand pré avec ces cinglés qui tournent sur eux-mêmes comme des fous et il penserait « il doit y avoir un bal » ou, plus probablement, il dirait « regarde, des oiseaux bizarres qui vont s'envoler dans le ciel et s'en aller très loin ». Et dire que c'étaient seulement des hommes, des hommes en voyage dans un train qui n'existait pas.

— Essaye de tourner, Mormy, allez...

Au milieu de ce grand charivari, Mormy restait immobile, regardant autour de lui, amusé. Monsieur Reihl s'était accroupi à sa hauteur.

— Si tu veux voir ce qu'on voit d'un train tu dois tourner... comme ça, comme font les autres...

Mormy le regardait droit dans les yeux, de cette manière à lui qui n'avait de pitié pour personne car personne n'avait des yeux comme ceux-là — aussi beaux que ceux-là — et personne ne te fixait jamais de cette manière, comme il te fixait. Et il ne disait rien. C'était si on veut le corollaire de ce regard unique : lui, il ne disait rien.

Jamais. Depuis qu'il était arrivé à Quinnipak, il n'avait peut-être prononcé qu'une centaine de mots. Il observait, il se déplaçait avec une lenteur méthodique et il ne disait rien. Il avait onze ans, mais il les avait d'une manière très singulière, bien à lui. On aurait dit qu'il vivait dans son aquarium personnel où les mots n'existaient pas et où le temps était un rosaire à égrener avec une infinie patience. Il avait quelque chose de compliqué dans la tête, Mormy. De malade, peut-être. Personne n'en savait rien, personne ne pouvait rien en savoir.

— Mormy !...

La voix de Jun lui arriva de loin. Il se tourna pour la regarder. Elle riait, sa jupe tournait avec elle, ses cheveux allaient sur son visage, emportés eux aussi dans le tourbillon du grand train imaginaire. Mormy resta à l'observer quelques instants. Il ne dit rien. Mais à un moment il commença lentement à tourner sur lui-même, il écarta les bras et lentement commença à tourner, lentement, et aussitôt ferma les yeux — le seul, de tous — parce que jamais il n'aurait pu voir tout ce qu'il y avait à voir, et qu'il ne vit pas, en voyage dans son train aveugle, parce que jamais elles n'auraient pu entrer dans sa tête, comme ça, à la suite et si vite, toutes ces images — Jun, le pré, les bois, la fabrique de verre, la rivière, les bouleaux le long de la rivière, la route qui montait, les maisons de Quinnipak au loin, la maison, et puis de nouveau Jun, le pré, les bois, la fabrique de verre, la rivière, les bouleaux le long de la rivière, la route qui montait, les maisons de Quinnipak au loin, de Quinnipak au loin, Quinnipak, Quinnipak, Quinnipak, Quinnipak, les maisons de Quinnipak, la rue au milieu des maisons, au milieu de la rue les gens, plein de gens au milieu de la rue, les bavardages qui montent de ces gens rassemblés là au milieu de la rue, des nuées de paroles s'évaporant dans le ciel, toute une grande fiesta de paroles en liberté, oisives, quelconques, inoubliables, un vrai brasero de voix allumé là pour y griller la générale, commune et gigantesque stupeur, « Vous faites comme vous voulez hein, mais moi vous me ferez pas monter dans ce train, ça non », « T'y monteras bien, allez, quand le jour viendra t'y monteras toi aussi », « Et comment, qu'il y montera, si Molly y monte il y montera lui aussi, qu'est-ce que tu paries ? », « Qu'a-t-elle à voir là-dedans mademoiselle Molly, laissez-la donc en dehors de cette histoire », « C'est vrai, le train c'est pas une affaire pour les dames », « Vous plaisantez, j'espère, nous sommes tout à fait capables de monter dans un train », « Calmez-vous, chérie », « Calme-toi mon œil, monsieur s'imagine peut-être qu'un train c'est comme une bataille, que seulement les hommes peuvent y aller ? », « Madame Robinson a raison, j'ai lu que les enfants aussi y vont », « On ne devrait pas y faire monter les enfants, on ne doit pas leur faire risquer leur vie », « J'ai un cousin, moi, qui y est allé, et il dit qu'il n'y a absolument aucun danger, aucun », « Dis donc, il lit les journaux ton cousin ? », « C'est vrai, c'était sur le journal, ce train qui est tombé du talus », « Qu'est-ce que ça veut dire, Pritz aussi il est tombé du talus et pourtant c'est pas un train », « Oh, mais qu'est-ce que tu peux dire comme conneries, toi ! » « C'est un châtiment de Dieu, le train, voilà ce que c'est », « Allez, le théologien a parlé », « Bien sûr, le théologien a parlé, qu'est-ce que tu crois, c'est pas pour rien que j'y étais, à faire cuisinier, pendant des années, au séminaire », « Allez, dis la vérité, c'était une prison », « Imbéciles, c'est la même chose », « À mon avis c'est comme d'aller au théâtre », « Quoi ? », « À mon avis le train ça doit être comme une espèce de théâtre », « Vous voulez dire que ça doit être un spectacle ? » « Non, vraiment comme au théâtre, on paie son billet, et puis le reste c'est pareil », « Tu parles si on paie », « Bien sûr qu'on paie, mon cousin me l'a dit, on te donne un billet, tu paies et on te donne un petit jeton en ivoire que tu rends à la gare d'arrivée, il dit que c'est comme les billets qu'on donne au théâtre », « Je le disais bien que ça devait être comme au théâtre », « Ah, là, s'il faut payer, c'est plus la peine qu'ils y pensent, à m'faire monter dans leur train », « Mais qu'est-ce que tu croyais, qu'ils allaient t'payer pour que t'y montes ? » « C'est un truc de riches,

écoutez-moi bien, c'est un truc de riches le train »,
« Mais monsieur Reihl m'a dit que nous pourrions
tous y monter », « En attendant, monsieur Reihl
il va falloir qu'il trouve les sous pour le faire, son
train », « Il les trouvera », « Il les trouvera jamais »,
« Si qu'il les trouvera », « Ce serait bien s'il les
trouvait », « De toute façon il a déjà acheté la locomotive, il le disait l'autre jour, d'ailleurs vous étiez
tous là », « Si, la locomotive, parfaitement »,
« Brath dit qu'ils l'ont construite pas loin de la
capitale et qu'elle s'appelle Élisabeth », « Élisabeth ? », « Élisabeth », « Allez, arrête... », « Élisabeth c'est un nom de femme », « Et alors ? » « À
ce que je sais, c'est une locomotive, c'est pas une
femme », « Et puis, je m'excuse mais où t'aurais
vu ça, que les locomotives elles auraient un
nom ? » *Et en effet* « Les choses qui font peur, elles
ont toujours un nom », « Mais qu'est-ce que tu
racontes ? » *Et en effet la voilà qui arrivait* « Rien, je
disais ça pour parler », « Elles ont un nom parce
que comme ça si quelqu'un te la vole tu peux dire
qu'elle était à toi », *Et en effet la voilà qui arrivait, Élisabeth* « Mais qui veux-tu qui te vole une
locomotive ? » « Une fois, moi, ils m'ont volé mon
cabriolet, ils ont détaché le cheval, et ils m'ont
pris que le cabriolet », *Et en effet la voilà qui arrivait,
Élisabeth, monstre de fer* « C'est sûr qu'il faut être un
sacré con pour se faire voler son cabriolet et pas
son cheval », « Moi à la place du cheval j'me serais
vexé », *Et en effet la voilà qui arrivait, Élisabeth, monstre de fer et de beauté* « C'était un très beau cheval,

si tu veux savoir », « Tellement beau que les voleurs ils ont même pas... » *Et en effet la voilà qui arrivait, Élisabeth, monstre de fer et de beauté : attachée sur le pont d'une barge, elle remontait en silence le fleuve.*

Muette : c'était ça le plus stupéfiant. Et lente, d'un mouvement qui n'était pas le sien.

Amenée par l'eau — quelqu'un finira bien par la lancer sur deux rails pour que sa colère explose à cent à l'heure, violentant la paresse de l'air. Un animal, on aurait pu croire. Une bête féroce arrachée à quelque forêt. Les cordes qui sciaient ses pensées et ses souvenirs — une cage de cordes pour qu'elle se taise. La douce cruauté du fleuve qui l'emporte vers les lointains — et un de ces lointains finira bien un jour par devenir sa nouvelle maison — elle rouvrira les yeux et elle aura devant elle deux rails qui lui diront par où s'échapper — échapper à quoi, elle ne le saura jamais.

Elle remontait lentement le fleuve, Élisabeth, attachée sur le pont d'une barge. Une grande toile la cachait au soleil et aux regards. Personne ne pouvait la voir. Mais tout le monde savait qu'elle serait magnifique.

...denken, empfänden die Rührung...

Trois

1

— V*otre* fanfare a joué merveilleusement, Pekisch, vraiment... c'était très beau.

— Merci, monsieur Reihl... le train aussi c'était très beau, je veux dire, c'est une idée magnifique, une grande idée.

Élisabeth arriva le premier jour de juin, tirée par huit chevaux le long de la route qui montait de la rivière jusqu'à Quinnipak : ce qui, si on voulait, pourrait être la représentation d'une théorie sur la dialectique passé/avenir. Si on voulait. Dans la rue principale de Quinnipak, Élisabeth défila sous les regards ébahis et quelque peu fiers de toute la population. Pour l'occasion, Pekisch avait composé une marche pour fanfare et clocher qui ne se révéla pas d'une clarté totale, étant construite à partir de la superposition de trois thèmes populaires différents : *Pâturages de nos ancêtres, Tombe le jour* et *Que radieux soient les lendemains.*

— Bien sûr une seule mélodie ne serait pas suffisante, eu égard à l'importance de la cérémonie, avait-il expliqué. Que personne n'eût rien objecté à cela ne doit pas surprendre car depuis douze ans que Pekisch avait pris en main la vie musicale de la cité, les gens s'étaient en quelque sorte résignés à être musicalement inclassables et, la plupart du temps, plutôt portés à un certain génie. Et même si parfois, çà et là, reparaissait une nostalgie des temps anciens où, en de semblables circonstances, on se serait contenté de ce bon vieux *Ah que les foules triomphent* (hymne inoubliable composé par le père Crest mais qui se révéla par la suite avoir été copié sur la très contestable ballade *Mon petit oiseau se réveille,* la conviction demeurait à peu près généralement répandue que les exhibitions conçues par Pekisch constituaient pour la ville un précieux motif d'orgueil. Ce n'était pas un hasard, d'ailleurs, si, à l'occasion des fêtes, kermesses et commémorations diverses, on venait même des villes voisines pour entendre la fanfare de Quinnipak, des gens qui avaient quitté au matin des endroits où la musique était simplement de la musique, et qui s'en revenaient le soir avec dans la tête des fantasmagories de sons qui, à la maison, se volatilisaient dans le silence d'une vie quelconque, ne laissant plus derrière elles que le souvenir de quelque chose d'extraordinaire. C'est dire.

— Votre fanfare a joué merveilleusement, Pekisch, vraiment... c'était très beau.

— Merci, monsieur Reihl... le train aussi c'était

très beau, je veux dire, c'est une idée magnifique, une grande idée.

Le train, autrement dit Élisabeth, fut installé dans le grand pré en bas de la colline de la maison Reihl, non loin de la fabrique de verre. Un examen plus attentif des coûts avait convaincu monsieur Reihl que provisoirement pouvaient suffire — devaient suffire — deux cents mètres de rails : les hommes de l'ingénieur Bonetti étaient venus les monter quelques jours plus tôt, non sans faire gaiement remarquer que c'était la voie ferrée la plus courte qu'ils avaient jamais construite.

— C'est un peu comme quand on écrit l'adresse sur une enveloppe. La lettre, on l'écrira ensuite, et elle aura deux cents kilomètres de long, expliqua monsieur Reihl.

L'idée n'apparut pas clairement à tout le monde, mais chacun acquiesça avec beaucoup d'éducation.

Ce fut donc au début de ces deux cents mètres de rails qu'on posa Élisabeth, comme un enfant dans son berceau ou un projectile dans le canon d'un revolver. Afin que la fête soit complète, monsieur Reihl ordonna qu'on allume la chaudière. Dans le silence le plus total, les deux messieurs venus de la capitale firent chauffer la grande machine, et devant des centaines d'yeux écarquillés la petite cheminée commença à cracher ses dessins de fumée, égrenant dans l'air les bruits les plus étranges et toutes les odeurs d'un petit incendie salvateur. Elle vibrait, Élisabeth, comme le monde avant un orage, elle se murmurait quelque chose dans une langue inconnue, elle rassemblait ses forces pour Dieu sait quel bond — t'es sûr que ça va pas exploser ? — Mais non, ça ne va pas exploser —, c'était comme si elle comprimait en elle des monceaux de haine avant de les déchaîner sur ces rails silencieux, mais peut-être était-ce du plaisir, et du désir, et de la gaieté — en tout cas c'était comme le très lent et prodigieux recroquevillement sur lui-même d'un géant impassible qui aurait été condamné là, pour expier on ne sait quelle peine, à soulever une montagne et à la lancer dans le ciel — c'est comme quand Stitt met l'eau à bouillir pour le thé — tais-toi Pit — si, c'est pareil — la grande marmite qui cuisine le futur — et quand ce feu à l'intérieur eut fini de consumer toute l'attente de ce millier d'yeux et que la machine parut n'en plus pouvoir de comprimer dans son cœur toute cette violence et toute cette force effroyable, alors, alors seulement, avec une très grande douceur, comme un regard, pas plus, elle commença à glisser, Élisabeth, comme un regard, avec une extrême lenteur, sur l'exacte virginité de ses deux rails.

Élisabeth.

Elle n'avait que deux cents mètres de rails, devant elle, et ils le savaient bien, les deux hommes venus de la capitale, qui aux commandes de la grande machine regardaient devant eux en mesurant mètre après mètre ce qui restait pour voler le maximum de vitesse à ce minimum d'espace, emportés par un jeu qui pouvait tout aussi bien les mener à la mort mais qui restait quand même un jeu, joué pour la plus grande stupeur de tous ces yeux qui virent Élisabeth prendre peu à peu de la vitesse, augmenter son élan et semer de plus en plus loin derrière elle son blanc sillage de fumée brûlante, tant et si bien que l'idée se mit à poindre qu'ils n'allaient plus avoir le temps maintenant, elle a décidé de se lancer une fois pour toutes et voilà, ça peut se suicider une locomotive ? moi j'te dis que les freins marchent plus, MAIS FREINEZ DONC, MALÉDICTION, pas un pli sur le visage de monsieur Reihl, juste ses yeux happés par le grand incendie qui roule, les lèvres entrouvertes de Jun, MAIS FREINEZ NOM DE DIEU, quarante mètres, pas plus, y a-t-il encore quelqu'un qui respire ? et le silence, pour finir, le silence absolu, avec dans ce silence le fracas de la grande machine, ce grondement incompréhensible, mais qu'est-ce qui va se passer ? pas possible que tout ça finisse bêtement dans une tragédie, pas possible qu'ils ne se décident pas à les actionner ces maudits freins, ces freins archimaudits, pas possible qu'une chose pareille arrive, c'est pas possible hein, dis ? pas possible, pas possible, pas possible...

Puis, ce qui arriva parut arriver en un seul et limpide instant.

Un des messieurs venus de la capitale tira un câble.

Élisabeth lança dans les airs un sifflement lancinant.

Mi bémol, pensa automatiquement Pekisch.

L'autre monsieur venu de la capitale tira brusquement vers lui un levier aussi haut qu'un enfant.

Les quatre roues d'Élisabeth se bloquèrent net.

Elles glissèrent immobiles sur le fer porté au rouge des rails, déchirant l'air d'un grincement inhumain et infini.

Immédiatement explosèrent, dans la fabrique de verre toute proche, deux cent quinze flûtes de cristal, soixante et une vitres 10×10 déjà coupées pour la société Trupper, huit bouteilles pyrogravées représentant sujet biblique commandées par la comtesse Durtenham, une paire de lunettes appartenant au vieil Andersson, trois lustres de cristal renvoyés car défectueux par la Maison royale, plus un acheté, car défectueux, par la veuve Abegg.

— On a dû faire une erreur quelque part, dit monsieur Reihl.

— Ça paraît évident, dit le vieil Andersson.

— Trente centimètres, dit l'un des messieurs venus de la capitale, en descendant de la grande machine.

— Même pas, dit l'autre monsieur venu de la capitale en regardant le bout de rail qui restait avant la prairie proprement dite.

Silence.

Puis tous les cris du monde, et les applaudissements et les chapeaux qui volent — et une ville tout entière qui accourt pour regarder ces trente centimètres de fer, trente, même pas, les regarder de près, et dire, ensuite, il restait trente centimètres, même pas, un rien. Un rien.

Le soir, comme tous les soirs, le soir tomba. Rien à y faire : cette chose-là n'a d'égards pour personne. Il tombe, et c'est tout. Peu importe quelle sorte de jour il vient éteindre. Que ce soit un jour exceptionnel ou pas, c'est pareil. Le soir tombe, et l'éteint. Amen. Et ce soir-là également, comme tous les soirs, le soir tomba. Monsieur Reihl était sous la véranda à se balancer sur sa chaise en regardant Élisabeth dans le grand pré en bas, pointée en direction du crépuscule. Comme ça, de loin, et de là-haut, elle lui paraissait petite comme il ne l'avait jamais vue.

— Elle a l'air terriblement seule, dit Jun.

— Elle te plaît ?

— Elle est bizarre.

— Comment ça bizarre ?

— Je ne sais pas, je me l'imaginais plus grande... et plus compliquée.

— Peut-être qu'un jour on les fera plus grandes et plus compliquées.

— Je me l'imaginais en couleurs.

— Mais elle est belle, comme ça, couleur de fer.

— Quand elle roulera dans le soleil elle brillera comme un miroir et on pourra la voir de loin, n'est-ce pas ?

— De très loin, comme un petit miroir qui glissera au milieu des prairies.

— Et nous, est-ce que nous la verrons ?

— Bien sûr que nous la verrons.

— Je veux dire est-ce que nous ne serons pas déjà morts quand finalement elle arrivera à partir ?

— Mon Dieu, non. Bien sûr que non. Et pour commencer nous deux nous ne mourrons jamais et deuxièmement quoi que tu en dises ces rails qui, maintenant, d'accord, sont exagérément courts, seront longs bientôt de deux cents kilomètres, j'ai bien dit deux cents, et peut-être même que cette année, ou à Noël peut-être, ces deux rails...

— Je plaisantais, monsieur Reihl.

— ... mettons peut-être un an, une année entière, deux au maximum, et je te dis moi que sur ces deux rails je poserai un train de trois, de quatre wagons, et il partira celui-là, et...

— J'ai dit que je plaisantais...

— Non, tu ne plaisantes pas, tu crois que je suis fou et que l'argent pour faire partir ce train je ne le trouverai jamais, voilà ce que tu crois...

— Je crois que tu es fou, et que c'est justement pour ça que tu trouveras cet argent.

— Je te dis qu'il partira ce train.

— Je le sais, il partira.

— Il partira et à cent à l'heure il dévorera des kilomètres et des kilomètres en tirant derrière lui des dizaines et des dizaines de personnes, et il se

140

moquera des collines, des fleuves et des montagnes et sans faire un seul virage, aussi droit qu'un coup tiré par un énorme pistolet, il arrivera, à la fin, en un clin d'œil, il arrivera en triomphe à Morivar.

— Où ?

— Hein ?

— Il arrivera où ce train ?

— Il arrivera... il arrivera quelque part, dans une ville peut-être, il arrivera dans une ville.

— Dans quelle ville ?

— Dans une ville, une ville quelconque, il ira toujours tout droit et il finira bien par trouver une ville, non ?

— Dans quelle ville arrivera ton train, monsieur Reihl ?

Silence.

— Dans quelle ville ?

— C'est un train, Jun, c'est seulement un train.

— Dans quelle ville ?

— Une ville.

Silence.

Silence.

Silence.

— Dans quelle ville ?

— A Morivar. Ce train arrivera à Morivar, Jun.

Alors Jun se retourna lentement et rentra dans la maison. Elle glissa dans l'obscurité des pièces et disparut. Et monsieur Reihl ne se retourna pas, il resta là à fixer Élisabeth, là tout en bas, et au bout de quelques instants seulement il dit quel-

que chose mais tout doucement, comme pour lui-
même, dans un filet de voix :

— Aime-moi, Jun.

Et c'est tout.

Une chose qui vue de loin aurait paru une tranche quelconque d'une vie quelconque. Un
homme sur sa chaise à bascule, une femme qui se
retourne, lentement, et rentre dans la maison. Un
rien. La vie crépite, elle brûle des instants cruels,
et dans les yeux de celui qui passe même à vingt
mètres ce n'est qu'une image comme une autre,
ni son ni histoire. Bon. Mais cette fois-là, celui qui
passait, c'était Mormy.

Mormy.

Il vit son père sur la chaise à bascule et Jun qui
rentrait dans la maison. Ni son ni histoire. Dans
la tête de n'importe qui elle aurait glissé à la
trappe, cette image, en un instant, et disparu à
jamais. Dans la sienne elle resta marquée comme
une trace de pas, fixée, bloquée là. Ce n'était pas
une tête ordinaire qu'il avait, Mormy. Elle avait
un étrange instinct, peut-être, pour reconnaître la
vie, même de loin. La vie quand elle vit plus fort
que la normale. Il la reconnaissait. Et il en restait
comme hypnotisé.

Les autres voyaient comme tout le monde voit.
Les choses les unes après les autres. Comme un
film. Pas Mormy. Elles passaient bien dans ses
yeux, les choses, les unes après les autres, à la suite
et dans l'ordre, mais tout à coup il y en avait une
qui le happait : et là, lui, il s'arrêtait. Dans sa tête

restait cette image. Là, immobile. Toutes les autres couraient vers le néant. Pour lui elles n'existaient plus. Le monde allait son chemin mais Mormy, figé par une stupeur lancinante, restait en arrière. Pour dire : chaque année il y avait une course de chevaux, dans la rue de Quinnipak, de la première maison de Quinnipak à la dernière, environ mille cinq cents mètres, peut-être un peu moins, une course à cheval, tous les hommes de Quinnipak ou presque, chacun sur le sien, d'une extrémité de la ville à l'autre à travers toute la rue principale, qui était d'ailleurs la seule rue à proprement parler, ils faisaient la course pour voir lequel, cette année-là, arriverait le premier à la dernière maison de la ville, tous les ans, et tous les ans, évidemment, il y en avait un à la fin qui gagnait et devenait celui qui, cette année-là, avait gagné. Bon. Évidemment tout le monde ou presque allait le voir, ce grand et chaotique et assourdissant déboulé de chevaux, de poussière et de cris. Et Mormy aussi y allait. Mais lui... lui, il les regardait partir : il voyait cet instant pendant lequel la masse informe de chevaux et de cavaliers se tordait sur elle-même comme un ressort brûlant comprimé jusqu'à l'invraisemblable, pour mieux bondir ensuite avec toute la force possible, dans une cohue sans direction ni hiérarchie, un agglomérat de spasmes et de corps et de visages et de sabots au cœur d'un nuage de poussière qui s'élevait, lourd de cris, dans le silence total environnant, un instant d'exaspérant néant, avant que le son de la cloche, là-haut dans le clocher, ne libère tout et tout le monde de cette oppressante hésitation et ne rompe les digues de l'attente pour laisser se déchaîner cette marée frénétique qui était la course proprement dite. Alors, ils partaient : mais le regard de Mormy restait là : sur cet instant qui précédait tout le reste. Et les mille visages des gens se tournaient pour suivre la folle envolée des hommes et des chevaux, et les regards pivotaient tous ensemble, tous sauf un : car celui de Mormy restait fixé sur le lieu du départ, minuscule strabisme disséminé dans le regard collectif qui s'en allait comme un seul homme derrière la course. Le fait est que lui, dans les yeux, et dans la tête, et sur le parcours de ses nerfs, il avait encore cet instant-là. Il continuait de voir la poussière, les cris, les visages, les bêtes, l'odeur, l'attente éprouvante de ce moment. Qui devenait, mais pour lui seul, moment interminable, tableau accroché au fond de l'âme, photographie mentale, sortilège, magie. Et les autres faisaient la course, jusqu'au bout, et le gagnant gagnait sous les acclamations de tous : mais ça, Mormy ne le voyait jamais. Cloué sur le départ, kidnappé. Et quelquefois le boucan général le réveillait, d'un seul coup, et cet instant du départ se pulvérisait dans ses yeux, Mormy revenait au monde et lentement tournait son regard vers la ligne d'arrivée où chacun se précipitait hurlant ceci ou cela qu'importe, pour le plaisir, après, d'avoir hurlé. Lentement son regard pivotait et Mormy remontait sur le char du monde, avec les autres. En attendant le prochain arrêt.

C'était la surprise, en réalité, qui le piégeait. Il était sans défense contre l'étonnement. Certaines choses, n'importe qui d'autre les aurait regardées tranquillement, il en aurait peut-être été un peu frappé, il s'y serait peut-être arrêté un instant, mais au fond c'étaient des choses comme les autres, passant à la suite et dans l'ordre. Mais pour Mormy ces choses-là étaient des prodiges, elles explosaient comme des enchantements, devenaient des visions. Ce pouvait être le départ d'une course de chevaux, mais aussi tout simplement un coup de vent soudain, le rire sur le visage de quelqu'un, la bordure dorée d'une assiette, ou un rien. Ou son père sur la chaise à bascule et Jun qui lentement se retourne et rentre dans la maison.

La vie avait bougé : et l'étonnement s'emparait de lui.

Le résultat c'était que Mormy avait, du monde, une perception, si l'on peut dire, intermittente. Une kyrielle d'images fixes — étonnantes — et des bouts de choses perdues, effacées, jamais arrivées dans ses yeux. Une perception syncopée. Les autres percevaient le devenir. Lui, il collectionnait des images qui étaient, simplement.

— Est-ce qu'il est fou Mormy ? demandaient les autres enfants.

— Lui seul le sait, répondait monsieur Reihl.

La vérité c'est qu'on voit et qu'on entend et

qu'on touche tellement de choses... c'est comme si l'on avait en soi un vieux narrateur qui tout le temps nous raconte une histoire, jamais finie, et pleine de milliers de détails. Il raconte, jamais il ne s'arrête, et c'est ça la vie. Le narrateur que Mormy avait dans le ventre, peut-être quelque chose en lui s'était cassé, ou une douleur cachée lui avait collé cette espèce de fatigue qui lui permettait de raconter seulement des bouts d'histoire. Et entre-temps, le silence. Un narrateur vaincu par on ne sait quelle blessure. Peut-être que quelqu'un lui avait fait un sale coup, peut-être qu'il se sentait encore brûlé par la stupeur d'une foutue trahison. Ou alors c'était la beauté de ce qu'il racontait qui l'avait peu à peu submergé. L'étonnement lui étranglait les paroles dans la gorge. Et ses silences, qui étaient de l'émotion muette, c'étaient les trous noirs dans la tête de Mormy. Va savoir.

Il y en a qui l'appellent ange, le narrateur qu'ils portent en eux et qui leur raconte la vie. Qui sait comment étaient ses ailes, à l'ange de Mormy.

2

DOUCEMENT. Doucement comme si on marchait sur une toile d'araignée.

Doucement.

Comme une obsession qui ronge.

Il continuait à se demander s'il lui pardonnerait jamais.

621. Démons. Anges ayant mal tourné. Mais très beaux.

La mousse. Voilà : la mousse.

En fait ça ne serait pas arrivé s'il n'était pas passé devant ce miroir, si bien qu'il avait dû s'arrêter et revenir sur ses pas, et se planter devant le miroir, immobile. Et se regarder.

...en remontant par les lèvres de Jun...

C'était exactement le soir. Le soleil, bas sur les collines, allongeait démesurément les ombres. Et il se mit à pleuvoir, comme ça, tout à coup. Magique.

L'angoisse lui descendit dans l'âme comme une gorgée d'eau-de-vie dans la gorge... il devint fou d'un seul coup... tandis que d'autres c'est par petits bouts...

Laisse-la brûler, cette bougie, ne l'éteins pas, s'il te plaît. Si tu m'aimes ne l'éteins pas.

Monsieur Reihl est parti. Monsieur Reihl reviendra.

Il se rappelait tout mais pas le nom. Il se rappelait même le parfum. Mais le nom, pas du tout.

... tellement que si on demandait ça à quelqu'un, de quelle couleur c'est le cristal, ce vase de cristal par exemple, de quelle couleur il est, et qu'il soit vraiment obligé de répondre, de répondre en disant le nom d'une couleur...

Mais c'était la dernière phrase du livre.

Une lettre que quelqu'un attend depuis des années et un jour elle arrive.

Et à la fin poser sa tête sur l'oreiller pour...

Il court, Pit, il court à perdre haleine, le petit Pit, en criant « Le vieil Andersson, le vieil Andersson... », il crie et il court, plein de larmes.

Quand tu te lèves et que le monde entier est recouvert de glace, et tous les arbres du monde recouverts de glace, et toutes les branches de tous les arbres du monde recouvertes de glace.
Des millions d'aiguilles de glace qui tissent la couverture glacée sous laquelle après...

Je l'ai parfaitement entendu. C'était un cri, ça.

— À la limite on pourrait même la raccourcir un peu, cette veste. Si c'est juste une question de quelques centimètres, on pourrait la reprendre un peu ici et puis là...

— On ne raccourcira rien du tout. On ne triche pas avec le destin.

Pekisch et la veuve Abegg, assis sous la véranda, l'un en face de l'autre.

Il se passait des choses horribles, des fois. Pour dire, une fois Yelger descendait à son champ en dégustant l'air glacé du matin, il n'avait absolument rien fait de mal, c'était un homme juste, ça on peut le dire, un homme juste, comme l'avait été son père, celui qui racontait des histoires le soir devant tout le monde, la plus belle c'était celle où un homme se perdait dans sa maison, il cherchait la sortie pendant des jours sans la trouver, et il continuait comme ça pendant des jours, et à la fin il prenait son fusil sous le bras...

Très honoré Monsieur Reihl,
Nous avons le regret de devoir vous confirmer par la
présente ce que nous vous disions déjà lors de notre pré-
cédent courrier. Les coûts relatifs à la construction de la
voie ferrée ne peuvent en aucune manière faire l'objet de
réductions supérieures à celles déjà consenties. Monsieur
l'ingénieur Bonetti s'interroge néanmoins sur la possi-
bilité, dans un premier temps, d'envisager la construc-
tion de...

Il neigea. Sur le monde entier et sur Pekisch.
Un son très beau.

— À la limite on pourrait même l'allonger un
peu, cette veste. Juste quelques centimètres,
comme ça, sans le dire...
— On n'allonge rien du tout. On ne triche pas
avec le destin.
Pehnt et Pekisch, debout, sur la colline, regardant le plus loin qu'ils peuvent.

— Eh non, ce coup-là tu ne me le feras pas, Andersson.

Il est là, le vieil Andersson, couché, ses yeux clairs fixés au plafond, et son cœur à l'intérieur qui se bat comme un beau diable avec la mort.

— Tu ne peux pas t'en aller comme ça, bon Dieu, il n'y a pas une seule raison pour que tu t'en ailles comme ça, qu'est-ce que tu crois, que sous prétexte que tu es vieux tu peux t'en aller et me laisser ici, salut la compagnie je m'en vais, c'est pas si simple, cher Andersson, non, mettons que ça soit une répétition générale, okay, tu as voulu faire une répétition générale ? bon, mais maintenant ça suffit, maintenant tout redevient comme avant et on en reparlera plus tard, et on fera tout bien pour la prochaine fois, mais pour l'instant ça suffit, tu dois te sortir de là, Andersson... je fais quoi moi maintenant, ici... je fais quoi moi ici tout seul, malédiction... tiens bon encore un peu, s'il te plaît... ici personne ne meurt, compris ? ici chez moi personne ne meurt... personne.

Il est là, le vieil Andersson, couché, ses yeux clairs fixés au plafond, et son cœur à l'intérieur qui se bat comme un beau diable avec la mort.

— Écoute, on va faire un pacte... si tu veux t'en aller, eh bien d'accord, tu t'en iras, mais pas maintenant, tu pourras t'en aller uniquement le jour où mon train partira... à ce moment-là tu pourras faire ce que tu veux, mais pas avant... promets-le-moi, Andersson, promets-moi que tu ne mourras pas avant que mon train soit parti.

Il parle avec un filet de voix, le vieil Andersson :

— Tu veux un conseil, monsieur Reihl ? Grouille-toi de le faire partir ce fichu train.

Bien sûr qu'il l'aimait. Sinon, pourquoi il l'aurait tuée ? Et de cette façon-là, en plus.

Jun qui descend le chemin en courant, à perdre haleine. Elle s'arrête tout au bout, se tenant à la palissade. Elle regarde la route, elle voit un petit nuage de poussière qui s'approche. Les cheveux ébouriffés, la peau brillante, sous la robe le corps échauffé, la bouche ouverte, le souffle court. Pouvoir être assez proche pour sentir l'odeur du corps de Jun.

1016. *Baleine. Le plus grand poisson du monde (mais c'est une invention des marins du Nord) (presque sûrement).*

— Je me suis retrouvé ici parce que c'est comme ça. Il n'y a pas d'autre raison. Je me suis retrouvé ici comme un bouton dans une boutonnière, et j'y suis resté. Quelqu'un, quelque part, a dû se lever un matin, enfiler son pantalon, puis il a enfilé sa chemise, il a commencé à la boutonner : un bouton, puis deux, puis trois, puis quatre, et le quatrième c'était moi. Voilà comment je me suis retrouvé ici.

Pekisch a pris la vieille penderie de la veuve Abegg, il a enlevé les portes, il a couché la penderie par terre, il a pris sept cordes en boyau identiques, il a cloué un des bouts à une extrémité du meuble et les a tendues jusqu'à l'autre extrémité où il les a fixées sur de petites poulies. Il actionne les poulies, modifiant au millimètre près la tension des cordes. Les cordes sont minces, quand Pekisch les fait vibrer elles émettent une note. Il passe tout son temps à tourner ces poulies d'un rien. Personne n'entend de différence entre les cordes : elles ont l'air de jouer toutes la même note. Mais lui, il bouge un peu les poulies et il entend des dizaines de notes différentes. Ce sont des notes invisibles : elles se cachent entre celles que tout le monde peut entendre. Et il passe tout son temps à les chercher. Peut-être qu'un jour ça va le rendre fou ?

Le premier lundi de chaque mois ils descendaient à quatre ou cinq jusqu'au grand pré et se mettaient à laver Élisabeth. Ils ôtaient de son dos la crasse et le temps.

— Elle va pas désapprendre à rouler à force de rester là sans bouger ?

— Les locomotives ont une mémoire de fer.

157

Comme le reste, d'ailleurs. Le moment venu elle se souviendra de tout. De tout.

Quand la guerre avait éclaté, ils étaient partis à vingt-deux de Quinnipak pour la faire. Seul Mendel en revint vivant. Il s'enferma chez lui et se tut pendant trois ans. Puis il recommença à parler. Les veuves, les pères et les mères des morts se mirent à aller chez lui pour savoir ce qui était arrivé à leurs maris et à leurs fils. Mendel était un homme ordonné. « Dans l'ordre alphabétique », dit-il. Et la première à aller chez lui, un soir, fut la veuve d'Adlet. Mendel fermait les yeux et commençait à raconter. Il racontait comment ils étaient morts. La veuve Adlet revint le lendemain soir, et le lendemain encore. Et comme ça pendant des semaines. Mendel racontait tout, il se souvenait de tout, et il avait beaucoup d'imagination. Chaque mort était un long poème. Au bout d'un mois et demi ce fut au tour des parents de Chrinnemy. Et ainsi de suite. Six années s'étaient écoulées depuis le retour de Mendel. Tous les soirs maintenant c'était le père d'Oster qui allait chez lui. Oster était un jeune homme qui plaisait aux femmes. Il s'enfuyait en criant de terreur quand la balle lui était entrée dans l'épaule et lui avait réduit le cœur en miettes.

1221. Correction du 1016. Les baleines existent pour de vrai et les marins du Nord sont de braves personnes.

Mormy grandissait et les yeux des petites servantes de la maison Reihl le regardaient avec le désir qui les picotait à l'intérieur. Jun le regardait aussi et de plus en plus elle pensait : « Cette femme devait être très belle. » Elle faisait pour lui tout ce qu'une mère aurait fait. Mais elle pensait qu'elle ne pourrait jamais en devenir vraiment une. Elle était Jun, c'est tout. Un jour, elle lui frictionnait le dos, agenouillée près du baquet rempli d'eau brûlante. Il n'aimait pas l'eau brûlante mais il aimait que Jun soit là. Il était immobile, debout dans l'eau. Jun laissa tomber le linge plein de savon et passa sa main sur cette peau couleur de bronze. Qui était-il donc ? Un petit garçon ou un homme ? Et qu'était-il pour elle ? Elle lui caressa les épaules, « autrefois j'avais une peau comme celle-là — pensa-t-elle — une peau comme si personne ne l'avait jamais touchée ». Mormy restait immobile, les yeux grands ouverts. La main de Jun remonta lentement jusqu'à son visage, effleura ses lèvres et s'y arrêta, un instant, pour la plus petite caresse du monde. Puis soudain elle redescendit, ramassa le linge plein de savon et le mit dans la main de Mormy. Jun approcha son visage de celui de Mormy.

— Sers-toi de ça tout seul, d'accord ? Dorénavant il vaut mieux que tu t'en serves tout seul.

Elle se releva, Jun, et elle alla vers la porte. Ce fut alors que Mormy prononça un des trente mots de l'année.

— Non.

Jun se retourna. Elle le regarda fixement dans les yeux.

— Si.

Et elle s'en alla.

La fanfare de Pekisch répétait tous les mardis soir. L'humanophone répétait le vendredi. Le mardi c'était la fanfare. Bon.

Rol Fergusson étant mort, le Bazar Fergusson & Fils s'appellera désormais Bazar des Fils Fergusson.

— C'était quoi ce barrissement, Sal ?

— C'était un *do,* Pekisch.

— Ah, c'était un *do* ça ?

— Quelque chose dans le genre.

— C'est une trompette, Sal, pas un éléphant.

— C'est quoi un éléphant ?

— Je te l'expliquerai après, Gasse.

— Eh, vous avez entendu, Gasse y sait même pas ce que c'est un éléphant...

— Silence, s'il vous plaît...

— C'est un arbre, Gasse, un arbre qu'il y a en Afrique.

— Qu'est-ce que j'en sais moi, j'y suis jamais allé en Afrique...

— Voulons-nous jouer ou entamer un débat sur la faune et la flore africaines ?

— Attends, Pekisch, j'ai toujours cette maudite touche qui reste bloquée...

— Eh, qui c'est l'enculé qui m'a piqué mon verre ?...

— Écoute, tu voudrais pas te pousser un peu vers le fond avec ta grosse caisse, ça me résonne dans la tête, je comprends plus rien à rien.

— ...je l'avais posé, ici, je me souviens très bien, me prenez pas pour un crétin...

— Silence, on reprend à la vingt-deuxième mesure...

— ... bon, ben je vais vous dire, j'y avais pissé dedans, à ce verre, vous avez compris ? J'y avais pissé dedans...

— MALÉDICTION ! MAIS VOUS N'ALLEZ PAS FINIR AVEC TOUTES CES IDIOTIES ?

Comme on était mardi, c'était la fanfare qui répétait. L'humanophone répétait le vendredi. Le mardi, en revanche, la fanfare. Bon.

Un médecin vint et dit
— Il a le cœur démoli. Il peut vivre une heure ou un an, personne ne peut savoir.

Il pouvait mourir dans une heure ou dans un an, le vieil Andersson, et il le savait.

Pehnt commença à se peigner et la veuve Abegg en déduisit, avec une exactitude scientifique, qu'il était tombé amoureux de Britt Ruwett, la fille du pasteur Ruwett et de sa femme Isadora. Il était clair qu'un petit laïus s'imposait. Elle prit Pehnt à part, sortit le ton vaguement militaire des grandes occasions et lui raconta les hommes, les

161

femmes, les enfants et tout le reste. La chose ne lui demanda pas plus de cinq minutes.

— Des questions ?

— C'est pas croyable tout ça.

— C'est pas croyable mais ça fonctionne.

Il était tombé amoureux, Pehnt.

Pekisch lui fit cadeau d'un peigne.

C'est vrai qu'elle est bizarre la vie des fois. Monsieur Rol Fergusson, du Bazar Fergusson & Fils, ensuite Bazar des Fils Fergusson, a laissé un testament. Il y est écrit qu'il laisse tout à une certaine Betty Pun, charmante demoiselle célibataire de Prinquik. Le Bazar s'appelle maintenant Bazar Betty Pun.

Jun ouvre une armoire et en sort un paquet. A l'intérieur il y a un livre, entièrement écrit d'une calligraphie menue, encre bleue. Elle ne le lit pas, elle l'ouvre juste un peu, puis elle refait le paquet, le remet dans l'armoire et retourne vivre.

Un lit, quatre chemises, un chapeau gris, les chaussures avec les lacets, le portrait d'une dame brune, un bout de bible reliée en noir, une enveloppe avec à l'intérieur trois lettres, un couteau glissé dans un étui en cuir.

Il ne possédait rien d'autre, Kadek, quand on l'avait retrouvé pendu dans sa chambre, nu comme un ver. Or, une question évidemment s'impose : pourquoi quatre ? Qu'est-ce qu'un type comme lui pouvait faire de quatre chemises ?

Il se balançait encore, quand on l'a trouvé.

Cher Monsieur l'Ingénieur Bonetti,
Comme vous aurez pu le constater, il ne m'a pas été possible de vous faire parvenir l'avance que vous jugez, non sans raison, indispensable afin d'envoyer ici vos hommes commencer la construction de ma ligne de chemin de fer.
Malheureusement, les dernières taxes sur le charbon décidées par le nouveau gouvernement...

C'est vrai qu'elle est bizarre la vie des fois. Madame Adélaïde Fergusson, épouse de feu Rol Fergusson, du Bazar Fergusson & Fils, ensuite Bazar des Fils Fergusson et pour finir maintenant Bazar Betty Pun, est morte de chagrin après vingt-trois jours seulement passés à voir chaque matin Betty Pun, serrée dans un bustier à faire tourner la tête, arriver et ouvrir le magasin qui avait été le sien pendant des années. Elle résista vingt jours. Elle avait été une épouse dévote et irréprochable. Elle mourut la bave aux lèvres, une nuit, en prononçant un seul et unique mot : « Salaud. »

1901. Sexe. D'ABORD ôter ses bottes, APRÈS ses pantalons.

Le vieil Andersson avait toujours vécu dans

deux pièces, au rez-de-chaussée de la fabrique. Et c'est là, tout doucement, qu'il mourait. On n'avait eu de cesse de l'emmener là-haut, dans la grande maison. Il avait voulu rester là, en bas, avec le bruit des fours et mille autres choses qu'il était seul à connaître. Monsieur Reihl allait le voir tous les jours, quand la lumière baissait. Il entrait, et chaque fois il disait :

— Salut, je suis celui à qui tu as promis de ne pas mourir.

Et le vieil Andersson, chaque fois, répondait :

— Promesse à la con.

Chaque fois, sauf ce jour-là, où il ne répondit rien. Et il n'ouvrit même pas les yeux.

— Eh, le vieil Andersson, c'est moi, réveille-toi... ne me fais pas une de ces blagues idiotes, c'est moi...

Andersson ouvrit les yeux.

— Tiens, je t'ai amené ça pour te le montrer... c'est les flûtes pour le comte Rigkert, on leur a fait une bordure turquoise, ils les veulent tous comme ça maintenant, il doit y avoir une idiote de comtesse qui les a sorties dans je ne sais quelle réception imbécile de la capitale, si bien que maintenant tout le monde les veut en turquoise...

Andersson ne détachait pas ses yeux du plafond.

— ... tu sais, je ne sais pas ce qu'ils ont tous maintenant avec le cristal de l'Est, il paraît qu'il n'y a pas mieux, et tellement fin comme travail, tu vois le genre... bref, on ne peut pas dire que les choses aillent très bien, il faudrait peut-être inventer quelque chose, et là on aurait besoin de toi, Andersson... il faudrait inventer quelque chose de génial, une vraie trouvaille, je ne sais pas... sinon je crois qu'il va falloir que tu attendes encore un sacré bout de temps avant que j'arrive à le faire partir ce train, si tu veux mourir il va falloir que tu te secoues un peu, en somme... enfin, je veux dire... elles te plaisent en turquoise ? hein, Andersson ? tu ne trouves pas ça affreux ? dis la vérité...

Le vieil Andersson le regarda.

— Écoute-moi, Dann...

Monsieur Reihl se tut.

— ... écoute-moi.

C'est vrai qu'elle est bizarre la vie des fois. Les deux fils de Rol et Adélaïde Fergusson enterrèrent leur mère un mardi. Le jeudi, ils entrèrent, le soir, chez Betty Pun, la violèrent l'un après l'autre puis lui fracassèrent le crâne à coups de crosse de fusil. Elle avait de très beaux cheveux blonds, Betty Pun. C'était une horreur, tout ce sang. Le vendredi, le Bazar du même nom demeura fermé.

Dans la pièce la plus à gauche, au premier étage, Pekisch plaçait madame Paer chantant *Douces Eaux*. Dans la pièce la plus à droite, au premier étage, il plaçait madame Dodds chantant *Le temps des faucons n'est plus*. Toutes deux se tenaient debout, devant la fenêtre fermée donnant sur la rue. Pekisch, au milieu du couloir, leur donnait le signal d'attaquer en frappant quatre coups sur le plancher. Au quatrième, en mesure, elles commençaient à chanter. Le public se tenait en bas, dans la rue. Une trentaine de personnes, chacune ayant apporté sa chaise. Madame Paer et madame Dodds, comme deux tableaux encadrés par la fenêtre, chantaient pendant huit minutes environ.

Elles terminaient parfaitement ensemble, la première sur un *sol*, la seconde sur un *la* bémol. D'en bas, dans la rue, arrivait un chant qui semblait venir de très loin et faisait penser à une voix qui se serait recroquevillée sur elle-même comme un insecte pris au piège. Pekisch avait intitulé tout ceci *Silence*. Secrètement, il l'avait dédié à la veuve Abegg. Elle l'ignorait.

2389. Révolution. Éclate comme une bombe, est étouffée comme un cri. Nombreux héros et bains de sang. Loin d'ici.

« Si seulement j'avais des yeux pour pouvoir regarder de loin — de vraiment loin — la veuve Abegg quand elle descend le matin et qu'elle allume le feu sous la cafetière, alors je pourrais peut-être me dire " dans cette maison-là, je serais heureuse " ». Elle avait des idées bizarres, par moments, la veuve Abegg.

— Écoute-moi... as-tu seulement une idée de comment tout ça va finir ?

— Finir ?

— Je veux dire... pourquoi tu fais tout ça... et ce qui arrivera après...

— Après quoi ?

Il ferma à nouveau les yeux, le vieil Andersson. Il avait une saloperie de fatigue dans le corps, mais une fatigue.

— Tu veux savoir, Dann ? à la fin quand tout ça va finir il n'y aura personne dans les environs qui aura combiné autant de conneries que toi.

— Rien ne va finir, Andersson.

— Oh si, ça va finir... et toi tu te retrouveras là, avec une flopée d'erreurs sur les bras, tu n'imagines même pas...

— Qu'est-ce que tu dis, Andersson ?

— Je dis... je voudrais te dire... n'arrête jamais.

Il souleva sa tête, le vieil Andersson, il voulait parler et que ça se comprenne bien, tout, vraiment bien.

— T'es pas comme les autres, Dann, tu fais des choses, des tas de choses, et en plus t'en inventes encore, et c'est comme si tu n'avais pas assez d'une seule vie pour que tout ça y rentre. Je sais pas... moi la vie elle me paraissait déjà tellement difficile... ça me paraissait déjà toute une entreprise, rien que de vivre... Mais toi... toi on dirait que tu dois la vaincre, la vie, comme si c'était un défi... on dirait que tu dois la battre à plate couture... quelque chose dans le genre. Un drôle de truc. C'est un peu comme si tu faisais plein de boules de cristal... des grandes... tôt ou tard t'en auras une qui explose... qui sait combien il t'en est déjà explosé, à toi, et combien il t'en explosera encore....... Pourtant...

On ne peut pas dire qu'il arrivait vraiment à parler, le vieil Andersson, tout juste à murmurer. De temps en temps un mot disparaissait mais il était quand même là, là quelque part, et monsieur Reihl savait où.

— Pourtant quand les gens te diront que tu t'es trompé, et qu'en te retournant tu verras des erreurs partout, il faudra t'en foutre. Rappelle-toi bien. Tu dois t'en foutre. Toutes les boules de cristal que tu auras cassées c'était seulement la vie...... et la vraie vie c'est peut-être seulement celle qui se casse, cette vie sur cent qui à la fin se casse......... j'ai compris, tu sais, le monde est rempli de gens qui se baladent avec dans leurs poches leurs petites billes en verre... leurs tristes petites billes incassables... alors toi ne t'arrête jamais de souffler dans tes boules de cristal... elles sont belles, ça m'a fait bien plaisir de les regarder, tout le temps où j'ai été près de toi... on voit tellement de choses dedans... ça vous met la gaieté au cœur... ne t'arrête jamais... et si un jour elles explosent ça sera encore de la vie, à sa façon... étonnante vie.

Monsieur Reihl avait deux flûtes de cristal dans la main. Bordure turquoise. La mode d'alors. Il ne dit rien. Le vieil Andersson lui aussi se taisait. Ils restèrent là, à se parler en silence, durant un temps infini. Il faisait désormais nuit noire et l'on n'y voyait plus rien quand la voix d'Andersson dit

— Adieu, monsieur Reihl.

Noir noir, à ne pas y voir même pour insulter la Madone.

— Adieu, Andersson.

Le vieil Andersson mourut le cœur cassé, la nuit même, en murmurant une seule et exacte parole : « Merde. »

le cœur cassé, la nuit même, en murmurant une seule et exacte parole : « Merde. »

la nuit même, en murmurant une seule et exacte parole : « Merde. »

une seule et exacte parole.

une seule.

Et pourtant,

si on pouvait par exemple au même instant, mais vraiment au même instant, simultanément — si on pouvait serrer dans sa main une branche recouverte de glace, boire une gorgée d'eau-de-vie, voir s'envoler une obsession, toucher de la mousse, embrasser les lèvres de Jun, ouvrir une lettre attendue depuis des années, se regarder

dans un miroir, poser sa tête sur l'oreiller, se souvenir d'un nom oublié, lire la dernière phrase
d'un livre, entendre un cri, toucher une toile
d'araignée, s'apercevoir que quelqu'un vous
appelle, laisser échapper de ses mains un vase
en cristal, tirer les couvertures loin par-dessus sa
tête, pardonner à quelqu'un à qui on n'avait
jamais pardonné...

Juste ça. Parce qu'il était peut-être écrit que
toutes ces choses, en procession, devaient passer
avant que cet homme n'arrive. A la suite les unes
des autres mais aussi, un peu, les unes dans les
autres. Empilées dans la vie. Un voyage de monsieur Reihl, l'été le plus chaud de ces cinquante
dernières années, les répétitions de la fanfare, le
cahier violet de Pehnt, tous ces morts, Élisabeth
immobile, la beauté de Mormy, le dernier souffle
du vieil Andersson, Élisabeth toujours là, les
caresses de Jun, ceux qui naquirent, les jours les
uns après les autres, huit cents flûtes de cristal de
toutes les formes, des centaines de mardis avec
l'humanophone, les cheveux blancs de la veuve
Abegg, les larmes vraies et les fausses, un autre
voyage de monsieur Reihl, la première fois où
Pekisch devint le vieux Pekisch, vingt mètres de
rails muets, les années les unes après les autres, le
désir de Jun, Mormy dans la grange à foin avec

170

les mains de Stitt sur lui, les lettres de l'ingénieur Bonetti, la terre qui se fendait de soif, la mort ridicule de Ticktel, Pekisch et Pehnt, Pehnt et Pekisch, la nostalgie de comment Andersson parlait, la haine qui se glisse par traîtrise dans la tête, la veste tombant de plus en plus juste, retrouver Jun, l'histoire de Morivar, les mille sons d'une même fanfare, de petits miracles, attendre que ça passe, se rappeler le jour où elle s'est arrêtée un rien avant la fin des rails, les faiblesses et les vengeances, les yeux de monsieur Reihl, les yeux de Pehnt, les yeux de Mormy, les yeux de la veuve Abegg, les yeux de Pekisch, les yeux du vieil Andersson, les lèvres de Jun. Des quantités de choses. Comme une longue attente. Qui paraissait ne plus devoir finir. Et qui n'aurait peut-être jamais fini si à la fin cet homme n'était pas arrivé.

Élégant, les cheveux en désordre, une grande serviette en cuir marron. Debout devant l'entrée de la maison Reihl, avec à la main une vieille coupure de journal. Il l'approche de ses yeux, il lit quelque chose, avant de dire, d'une voix qui paraît lointaine

— Je cherche monsieur Reihl... le monsieur Reihl des Verreries Reihl.

— C'est moi.

Il glisse la coupure de journal dans sa poche. Il pose sa serviette par terre. Il regarde monsieur Reihl, mais pas dans les yeux.

— Je m'appelle Hector Horeau.

3

En un certain sens tout avait commencé onze
années plus tôt, le jour où Hector Horeau —
qui avait en la circonstance onze ans de moins —
n'avait pas pu ne pas remarquer en feuilletant une
gazette parisienne le texte singulier de la publicité
à laquelle la firme Duprat & Co confiait les des-
tinées commerciales de l'*Essence d'Amazilly, odo-
rante et antiseptique, Hygiène de toilette.*

« Outre les avantages incomparables qu'elle
apporte aux dames, cette essence possède également des effets hygiéniques susceptibles de lui
gagner la confiance de toutes celles qui voudront
bien se convaincre de son action thérapeutique.
Bien que notre eau n'ait pas, en effet, le pouvoir
d'effacer, telle celle de la fontaine de Jouvence, le
nombre des années, elle a cependant, entre autres
mérites, celui — non négligeable, à notre avis —
de restaurer dans la splendeur intacte de sa
magnificence passée cet organe parfait, ce chef-
d'œuvre du Créateur, qui, par son élégance, sa
pureté et la grâce de ses formes, constitue le mer-

veilleux ornement de la plus belle moitié de l'humanité. Sans l'intervention heureuse de notre découverte, cet ornement, aussi précieux que délicat, semblable par la grâce fragile de ses formes secrètes à une fleur délicate qui se fane aux premières bourrasques, ne resterait qu'une fugitive apparition de la splendeur, destinée, une fois passée, à s'éteindre sous le souffle maléfique de la maladie, les contraintes de l'allaitement ou l'étreinte funeste du cruel corset. Notre essence d'Amazilly, conçue dans l'intérêt exclusif des dames, répond aux exigences les plus pressantes et les plus intimes de leur toilette. »

Hector Horeau pensait, et sans hésiter, que vraiment, ça, c'était de la littérature. La perfection de ce texte le bouleversait. Il étudiait la précision des incises, l'imperceptible enchaînement des propositions relatives, le dosage raffiné des adjectifs. *« L'étreinte funeste du cruel corset »* : là, on frôlait la poésie. Et ce qui l'enchantait plus que tout, c'était cette capacité magique à écrire des lignes et des lignes sur un objet dont cependant on taisait le nom. Une subtile cathédrale syntaxique construite autour d'un noyau de pudeur. Génial.

Il n'avait pas beaucoup lu, dans sa vie, Hector Horeau. Mais il n'avait jamais rien lu d'aussi parfait. Et il se mit donc à découper avec application le petit rectangle de papier afin qu'il échappât au destin, à juste titre réservé à certains papiers imprimés, de disparaître dans l'oubli du lendemain. Il découpait. Et ce fut là que par le jeu impondérable des superpositions fortuites et des hasards de voisinage son œil tomba sur un titre qui annonçait, à mi-voix aurait-on dit, un événement effectivement non mémorable :

Important pas en avant dans l'industrie du verre.

Et, en plus petit :

Brevet révolutionnaire.

Hector Horeau posa ses ciseaux et commença à lire. Ce n'étaient que quelques lignes. Elles disaient que les Verreries Reihl, souvent primées, et connues pour leur production raffinée de cristallerie d'apparat, avaient mis au point un nouveau système de travail du verre capable de réaliser des vitres extrêmement fines (3 mm), d'une surface d'un bon mètre carré. Le système avait été breveté sous le nom de « *Brevet Andersson des Verreries Reihl* », et il était à la disposition de tous ceux qui, pour une raison ou pour une autre, pouvaient être intéressés.

Les personnes de ce genre, on s'en doute, n'étaient pas très nombreuses. Hector Horeau en faisait cependant partie. C'était un architecte, qui cultivait depuis toujours une idée très précise : le monde aurait sans aucun doute été meilleur si l'on avait commencé à construire des maisons et des immeubles non pas en pierre, non pas en brique, non pas en marbre : mais en verre. Il travaillait avec ténacité sur l'hypothèse des villes transparentes. Le soir, dans le silence de son petit cabinet, il entendait distinctement le son de la pluie sur les grandes arcades en verre qui auraient recouvert les grands boulevards parisiens. En fermant les yeux, il arrivait à y entendre les bruits, à en deviner les odeurs. Sur les milliers de feuilles qui se promenaient dans toute sa maison, des ébauches et des projets extrêmement précis attendaient leur heure, mettant sous verre les portions de ville les plus variées : gares, marchés, rues, bâtiments publics, cathédrales... A côté, s'amoncelaient les calculs grâce auxquels Hector Horeau essayait de traduire l'utopie en réalité : opérations exagérément compliquées qui confirmaient, en définitive, la thèse fondamentale exposée dans un des textes considérés par lui comme un des plus significatifs parus dans les dernières années : Arthur Viel, *De l'impuissance des mathématiques à assurer la stabilité des constructions,* Paris, 1805. Un texte que d'autres n'avaient même pas jugé digne d'une réfutation.

Ainsi, s'il y avait un homme que ce petit article provenant des Verreries Reihl pouvait intéresser, c'était bien Hector Horeau. Il reprit donc ses ciseaux, découpa l'entrefilet en se disant que l'absence de toute indication sur l'adresse de la maison Reihl était bien une fois de plus la preuve de l'inutilité des gazettes, et sortit précipitamment de chez lui pour rassembler d'autres informations.

Le destin donne d'étranges rendez-vous. Il n'avait pas fait dix mètres, Hector Horeau, qu'il vit le monde onduler imperceptiblement. Il s'immobilisa. Un autre aurait pensé à un tremblement de terre. Il se dit, lui, que c'était une fois encore ce maudit démon qui se mettait à jouer dans sa tête aux moments les plus inattendus, canaille incompréhensible, foutu fantôme qui, sans prévenir, souillait tout à coup son âme de sa puanteur de mort, salaud d'ennemi sournois qui le ridiculisait aux yeux du monde et aux siens. Il eut le temps de se demander s'il arriverait à rentrer chez lui. Puis il s'écroula à terre.

Quand il reprit ses esprits il était étendu sur un canapé à l'intérieur d'un magasin de tissus *(Pierre et Annette Gallard, maison créée en 1804)*, entouré de quatre visages qui l'observaient. Le premier appartenait à Pierre Gallard. Le deuxième à Annette Gallard. Le troisième à un client resté anonyme. Le quatrième à une vendeuse nommée Monique Bray. C'est sur ce visage-là — celui-là, précisément — que s'échoua le regard d'Hector Horeau, et de manière générale toute la vie d'Hector Horeau, et plus généralement encore son destin. Ce n'était pas un très beau visage, ainsi qu'Hector Horeau lui-même n'eut jamais de mal à l'admettre dans les années qui suivirent. Mais des navires sont venus s'échouer dans les endroits les plus absurdes. Une vie peut bien elle aussi venir s'échouer sur un visage quelconque.

La vendeuse qui se nommait Monique Bray s'offrit de raccompagner Hector Horeau chez lui. Machinalement, il accepta. Ils sortirent ensemble du magasin. Aucun des deux ne le savait, mais ils entraient de ce même pas dans huit années de tragédies, de bonheurs déchirants, de déceptions cruelles, de vengeances patientes, de désespoirs silencieux. Bref, ils allaient se fiancer.

L'histoire de ces fiançailles — qui résume en fait l'histoire du progressif écrabouillement de la vie intérieure et psychique d'Hector Horeau, avec triomphe consécutif de ce démon à qui l'on en devait le commencement — connut bon nombre d'épisodes dignes d'être mentionnés. Quoi qu'il en soit, sa première conséquence directe fut de laisser en sommeil dans la poche de l'architecte la coupure de presse concernant le « *Brevet Andersson des Verreries Reihl* » : renvoyant ainsi aux calendes grecques toute recherche complémentaire sur la question. L'article fut rangé dans un tiroir, où il put se reposer pendant des années. Plus exactement : couver sous la cendre.

En huit années — autant qu'en dura son histoire avec Monique Bray — Hector Horeau signa trois constructions : une villa en Écosse (en maçonnerie), un relais de poste à Paris (en maçonnerie) et une ferme modèle en Bretagne (en maçonnerie). Durant ces mêmes années il proposa cent dix projets, dont quatre-vingt-dix-huit consacrés à son idéal de l'architecture de verre. Il n'y avait pratiquement pas de concours auquel il ne participait pas. Les jurys restaient régulièrement frappés par le génie absolu de ses propositions, ils lui attribuaient des mentions d'honneur et leurs félicitations, puis confiaient la réalisation à des architectes plus pragmatiques.

Bien qu'on ne pût quasiment rien admirer de lui aux alentours, sa réputation commença à circuler de manière insistante dans les milieux qui comptaient. Il répondait à ce succès ambigu en multipliant les propositions et les projets, en une spirale progressive d'abnégation dans le travail à laquelle n'était pas étranger le désir anxieux de se donner des amarres pour résister à la houle de ses fiançailles, et plus généralement aux tempêtes psychiques et morales que mademoiselle Monique Bray avait coutume de lui réserver. Paradoxalement, plus sa santé était fauchée à la base par ladite demoiselle, plus ses projets s'élançaient vers un gigantisme prohibitif. Il venait à peine de mettre la touche finale à sa proposition pour un monument de trente mètres de haut à la gloire de Napoléon, avec parcours intérieurs et points de vue panoramiques sur l'énorme couronne de lauriers posée sur la tête, quand elle l'informa, pour la troisième fois et en rien la dernière, qu'elle le quittait et annulait les démarches déjà entreprises pour leur mariage. Ce ne fut pas un hasard non plus si l'affreux épisode qui vit mademoiselle Monique Bray se retrouver à l'hôpital avec une profonde blessure à la tête coïncida avec l'interruption d'un travail, pourtant déjà bien avancé, concernant un tunnel sous la Manche doté d'un système d'éclairage et d'aération révolutionnaire, grâce à des tours de verre ancrées sur les fonds marins et flottant triomphalement à la surface de la mer, « *tels de grands flambeaux du pro-*

grès ». Sa vie avançait comme une paire de ciseaux dont son génie créateur et l'émouvante misère de son existence étaient les deux lames affilées, de plus en plus écartées l'une de l'autre. Elles brillaient, aveuglantes, sous les rayons d'une maladie silencieuse.

La paire de ciseaux se referma brusquement, d'un coup sec et péremptoire, un lundi du mois d'août. Ce jour-là, à 17 h 22, madame Monique Bray-Horeau se jeta sous le train qui, six minutes auparavant, était parti de la gare de Lyon en direction du sud. Le train n'eut même pas le temps de freiner. Ce qu'il resta de madame Horeau non seulement ne rendait pas justice à sa beauté, d'un genre certes peu voyant, mais posa également quelques problèmes à l'agence de pompes funèbres « La Céleste », à qui échut la tâche délicate de reconstituer le cadavre.

Hector Horeau réagit à cette tragédie avec une grande cohérence. Le lendemain, à 11 h 05 du matin, il courut à la rencontre du train qui était parti six minutes avant de la gare de Lyon en direction du sud. Mais le train, cette fois, eut le temps de freiner. Hector Horeau se retrouva, haletant, face au museau impassible d'une locomotive noire. Immobiles, tous les deux. Et muets. Ils n'avaient d'ailleurs pas grand-chose à se dire.

Quand le bruit de la tentative de suicide d'Hector Horeau se répandit dans les milieux parisiens qui lui étaient proches, la consternation n'eut d'égale que la conscience, générale, qu'une telle chose devait arriver un jour ou l'autre. Pendant quelques jours Hector Horeau fut inondé de lettres, invitations, sages conseils et propositions de travail pleines de bonne volonté. Tout cela le laissa complètement indifférent. Il restait enfermé dans son cabinet, rangeant avec un soin maniaque ses dessins et découpant des articles dans de vieilles gazettes qu'il classait ensuite dans l'ordre alphabétique en fonction du sujet. L'absolue stupidité de ces deux activités le tranquillisait. La seule pensée de sortir de chez lui réveillait son démon personnel : il lui suffisait de regarder par la fenêtre pour recommencer à sentir le monde ondoyer et pour respirer cette puanteur de mort qui précédait habituellement ses évanouissements sans motif. Il avait la conscience lucide que son âme était aussi effilochée qu'une toile d'araignée abandonnée. Un regard — même rien qu'un regard — aurait pu la déchirer pour toujours. C'est ainsi que, lorsqu'un riche ami du nom de Laglandière lui fit la proposition absurde d'un voyage en Égypte, il accepta. Cela lui parut un bon système pour déchirer définitivement la toile. Au fond, c'était seulement une autre manière de courir à la rencontre d'un train lancé à toute vitesse.

Quoi qu'il en soit, cela ne marcha pas non plus. Hector Horeau s'embarqua un matin d'un jour d'avril sur le bateau qui allait en huit jours de Marseille à Alexandrie : mais son démon personnel, chose inattendue, resta à Paris. Les semaines passées en Égypte grignotèrent le temps d'une silencieuse, provisoire mais perceptible guérison. Hector Horeau passait son temps à dessiner les monuments, les villes et les déserts qu'il voyait. Il se sentait comme un copiste d'autrefois chargé de transmettre des textes sacrés à peine exhumés de l'oubli. Chaque pierre était une parole. Il feuilletait lentement les pages de pierre d'un livre écrit des millénaires auparavant, et il copiait. Sur la surface de cet exercice obtus se posèrent peu à peu les fantômes de son esprit, comme de la poussière sur un paisible bibelot d'un goût douteux. Dans la chaleur torride d'un pays inconnu, il lui arriva de respirer la paix. Quand il revint à Paris, il avait les valises pleines de dessins dont la maestria allait séduire des centaines de bourgeois pour qui l'Égypte demeurait une hypothèse fantaisiste. Il revint dans son cabinet avec la perception claire qu'il n'était pas un homme heureux ni même un homme guéri. Il était cependant redevenu un homme capable d'avoir des perceptions claires. La toile d'araignée qu'était son âme pouvait à nouveau servir de piège pour ces étranges mouches que sont les idées.

Ceci lui permit de ne pas rester indifférent au concours que la Société des Arts de Londres, présidée par le prince Albert, décida de lancer pour la construction d'un très grand édifice capable d'accueillir une prochaine, et mémorable, Grande Exposition Universelle des Produits de la Technique et de l'Industrie. L'édifice devait s'élever dans Hyde Park, et répondre à quelques exi-

gences fondamentales : offrir au moins soixante-
cinq mille mètres carrés de surface couverte,
comporter un seul étage, employer des systèmes
de construction extrêmement simples afin de res-
pecter des délais très courts, ne pas dépasser un
plafond des dépenses relativement bas, sauvegarder les ormes immenses et centenaires qui se trouvaient au centre du parc. Le concours fut lancé
le 13 mars 1849. La date limite pour la présentation des projets fut fixée au 8 avril.

Des vingt-sept jours qu'il avait devant lui, Hector Horeau en passa dix-huit à vagabonder en
esprit autour de quelque chose dont il ne savait
pas ce que c'était. Ce fut une longue, discrète
approche amoureuse. Puis, un jour qui semblait
un jour quelconque, il prit distraitement sur sa
table de travail une feuille de buvard déjà utilisée
et coucha dessus, à l'encre noire, deux choses :
une esquisse de façade, et un nom : *Crystal Palace*.
Il reposa sa plume. Et il sentit ce que sent la toile
d'araignée quand elle rencontre la trajectoire
étonnée d'une mouche attendue depuis des
heures.

Il travailla au projet, jour et nuit, pendant tout
le temps qu'il lui restait. Il n'avait jamais rien
imaginé d'aussi grand ni d'aussi déconcertant.
La fatigue rongeait son cerveau, une émotion
souterraine et fébrile creusait des tunnels dans ses
dessins et dans ses calculs. Autour de lui, la vie
quelconque moulinait ses bruits. Il les percevait à
peine. Seul, il se tenait là, au milieu d'une bulle

d'âcre silence, dans la compagnie de ses rêves et de sa fatigue.

Il remit son projet le dernier jour, au matin du 8 avril. La commission du jury vit arriver, de tous les coins de l'Europe, deux cent trente-trois propositions. Il fallut plus d'un mois pour les examiner toutes. À la fin, deux gagnants furent proclamés. Le premier s'appelait Richard Turner et était un architecte de Dublin. Le second s'appelait Hector Horeau. La Société des Arts se réserva par ailleurs la faculté de « présenter son propre projet, qui rassemblerait les suggestions les plus fonctionnelles apparues dans les propositions aimablement avancées par tous les illustres participants ». Textuel.

Horeau ne s'attendait pas à gagner. Il participait désormais aux concours non tant avec l'ambition de les remporter que pour le plaisir de déconcerter les jurys. Qu'il ait été choisi cette fois, parmi tant d'autres, lui fit se demander un instant s'il n'avait pas présenté une banalité. Puis prévalut en lui la conscience, mûrie durant les huit années passées auprès de mademoiselle Monique Bray (ensuite madame Monique Horeau), que la vie est profondément incohérente, et la possibilité de prévoir les événements une consolation illusoire. Il comprit que le Crystal Palace ne flottait pas comme tous ses autres projets dans le néant d'un improbable lendemain : il le voyait là, balançant entre utopie et réalité réelle, à un pas de devenir, inopinément, vrai.

La concurrence de l'autre lauréat, Richard Turner, ne le préoccupait pas. Il y avait dans le projet de l'excellent architecte dublinois tellement d'absurdités qu'à seulement les énumérer dans l'ordre alphabétique, Horeau aurait pu en entretenir la Société des Arts pendant une nuit entière. Ce qui le préoccupait, c'étaient les aléas incontrôlables des événements, l'insondable irrationalité de la bureaucratie, les inconnues relatives au pouvoir de la Maison Royale. À cela s'ajouta, au lendemain de la publication de son projet dans une célèbre revue de la capitale, l'accueil contradictoire du grand public. La scandaleuse originalité de l'édifice divisa les gens en trois partis, qui pouvaient se résumer par trois affirmations aussi vagues que péremptoires : « C'est la huitième merveille du monde », « Ça va coûter une fortune », et « Tu parles, ça ne tiendra jamais debout ». Dans le secret de son petit cabinet, Hector Horeau était subtilement convaincu que toutes trois étaient profondément légitimes.

Il comprit qu'une trouvaille supplémentaire était nécessaire : quelque chose qui donnât à la fascination exercée par le Crystal Palace une base de crédibilité et une apparence tranquille de réalisme. Il cherchait une solution, et celle-ci le rattrapa, comme il arrive souvent, en le surprenant par-derrière alors qu'il remontait le chemin — de tous, le plus mystérieux — de la mémoire. Ce fut comme une bouffée. Un courant d'air filtrant par les serrures de l'oubli. Cinq mots : « *Brevet Anders-son des Verreries Reihl.* »

Il est des gestes qui trouvent une justification bien des années plus tard : le bon sens posthume. L'imbécile classement de coupures de journaux par lequel Hector Horeau avait distrait sa défaite, au temps de la rencontre de madame Horeau avec le train de 17 h 14 pour le Sud, se révéla soudainement n'avoir pas été inutile. L'article contenant l'information sur le Brevet Andersson dormait disciplinairement dans la chemise marquée de la lettre B (Bizarreries). Horeau le prit et commença à faire ses valises. Il ne savait pas le moins du monde où se trouvaient les Verreries Reihl ni même si elles existaient encore. Néanmoins — ce qui confirme que la réalité a une cohérence à elle, illogique mais effective —, on vit arriver, quelques jours plus tard, à l'unique auberge de Quinnipak (Pension Barrimer), un homme avec une grande serviette marron et de curieux cheveux en désordre. Il cherchait une chambre, évidemment, et, évidemment, il s'appelait Hector Horeau.

C'était un vendredi. Ce qui explique pourquoi Hector Horeau, qui s'était retiré tôt dans sa chambre pour cause de voyage harassant, ne réussit à dormir que peu et mal.

— N'y avait-il pas par hasard quelqu'un qui jouait de la musique, ou une chose dans ce genre, hier soir ? demanda-t-il le lendemain matin, en essayant de noyer son mal de tête dans une tasse de café.

— C'était la fanfare qui répétait, hier soir, lui répondit Freddy Barrimer qui, en plus d'être le propriétaire des lieux, était le *fa* dièse le plus bas de l'humanophone.

— Une fanfare ?

— Ouais.

— On aurait dit qu'il y en avait sept, des fanfares.

— Non, une seule.

— Et elle joue toujours comme ça ?

— Comme ça comment ?

Horeau vida sa tasse.

— Pas d'importance.

Les Verreries Reihl — découvrit-il — existaient encore. Elles se trouvaient à deux kilomètres environ du bourg.

— Mais c'est plus comme dans le temps, maintenant qu'il n'y a plus Andersson.

— Andersson celui du brevet ?

— Andersson le vieil Andersson. Il n'y est plus maintenant. Et c'est plus comme dans le temps.

La maison de monsieur Reihl, qui était en haut d'une colline, juste au-dessus de la verrerie, Horeau y arriva avec le cabriolet d'Arold. Il la faisait tous les jours, cette route, Arold.

— Écoutez, est-ce que je peux vous demander quelque chose ?

— Dites.

— Cette fanfare, là... celle qui joue au bourg... elle joue toujours comme ça ?

— Comme ça comment ?

Arold le laissa au début du chemin qui montait vers la maison Reihl. Horeau voulut le payer mais il n'y eut pas moyen. Il la faisait tous les jours, cette route. Sûr sûr. Bon alors merci. Pas de quoi. Horeau, suivant les dalles de pierre qui grimpaient au milieu des prés, monta vers la maison Reihl en pensant, comme n'importe qui l'aurait pensé, que ce devait être agréable de vivre ici. Il voyait tout autour de lui la beauté évidente d'une campagne docile et réglementaire. Une seule chose, un instant, le déconcerta, une seule : « Drôle d'endroit pour faire un monument à la locomotive », se dit-il. Et il poursuivit son chemin.

Il arriva devant la porte de la maison juste à temps pour la voir s'ouvrir et laisser sortir un homme. L'homme devait avoir une quarantaine d'années. Grand, brun, avec des yeux étranges. Une longue cicatrice courait de sa tempe gauche jusque sous son menton. Horeau se sentit pris au dépourvu. Il chercha dans sa poche la coupure de journal : diable, c'était comment déjà, Beil, Berl, Brehl, non, Reihl, voilà, Reihl.

— Je cherche monsieur Reihl... monsieur Reihl des Verreries Reihl.

— C'est moi, répondit en souriant l'homme à la longue cicatrice et aux yeux étranges.

Horeau remit la coupure dans sa poche, posa sa grosse serviette de cuir par terre, leva les yeux vers ceux de l'homme qui était devant lui. Une seconde avant d'y arriver, dans ces yeux étranges, il dit

— Je m'appelle Hector Horeau.

D'abord ils mangèrent. La table ovale, les assiettes avec la bordure d'or, la nappe en lin. Monsieur Reihl avait une belle manière de parler. De la lame de son couteau il faisait des lignes avec les miettes de pain qui étaient près de son assiette puis les dispersait du bout des doigts et recommençait à les disposer en lignes de plus en plus longues. Qui sait d'où il tenait ça. À côté de lui était assise une femme qui s'appelait Jun. Horeau se dit qu'elle s'habillait comme une petite fille. Il se dit également qu'il n'avait jamais vu de petite fille aussi belle. Il aimait bien quand elle parlait : il pouvait regarder ses lèvres sans paraître indiscret. Elle le questionna sur Paris. Elle voulait savoir combien c'était grand.

— Suffisamment pour s'y perdre.

— Et c'est beau ?

— Si on arrive à retrouver son chemin pour rentrer, oui... très beau.

Il y avait aussi un jeune garçon, assis à la table. C'était le fils de monsieur Reihl, il s'appelait Mormy. Il ne prononça pas un mot. Il mangeait avec des gestes extrêmement lents et beaux. Horeau ne comprenait pas bien comment il pouvait avoir cette peau de mulâtre, puisque ni monsieur Reihl ni Jun n'avaient la peau noire. En revanche il comprit, en croisant un instant ses yeux, ce qu'avaient d'étrange les yeux du père :

c'étaient des yeux étonnés. Dans la surprise parfaite et totale que montrait le regard de Mormy, imperturbable et fixe, il y avait ce qui, dans les yeux de monsieur Reihl, apparaissait seulement comme esquissé. C'est ça, sûrement, cette histoire des fils, pensa Horeau : ils naissent avec en eux ce que la vie, chez les pères, a laissé à moitié. Si jamais j'avais un fils, se dit Horeau en coupant méticuleusement une fine tranche de viande à la sauce myrtilles, il naîtrait fou.

Ils finirent de manger et se levèrent. Tous sauf Mormy, qui sirotait encore son bouillon, Dieu sait quand il aurait terminé. Jun les laissa seuls.

— Vous devriez venir à Paris, un jour..., lui dit Horeau, en la saluant.

— Non... je ne crois pas que je devrais. Vraiment.

Mais elle le dit avec gaieté. Il faut se l'imaginer dit avec gaieté. « Non... je ne crois pas que je devrais. Vraiment. » Juste ça.

— Trois cent cinquante mètres ?

— Oui.

— Cinq nefs de trois cent cinquante mètres de long et trente de haut ?

— C'est ça.

— Et tout ça... tout ça en verre.

— En verre. Verre et fer. Il n'y a pas un gramme de pierre ni de mortier, rien.

— Et vous croyez vraiment que ça tiendra ?

189

— Eh bien, d'une certaine manière, ça dépend de vous.

Hector Horeau et monsieur Reihl l'un en face de l'autre, avec entre eux une table. Et sur la table une feuille d'un mètre de long et soixante centimètres de large. Et sur la feuille le dessin du Crystal Palace.

— De moi ?

— Disons du *« Brevet Andersson des Verreries Reihl »*... Voyez-vous, ça pose évidemment des problèmes, pour construire une aussi immense, appelons ça cathédrale de verre. Des problèmes de structure et des problèmes de coût. Le verre doit être très léger pour que les structures portantes puissent le soutenir. Et plus il sera mince, moins il faudra de matière première et moins on dépensera. Voilà pourquoi votre brevet est important. Si vous êtes vraiment capable de faire des plaques de verre comme celles décrites dans cette coupure de journal, j'arriverai à le faire tenir, le Crystal Palace...

Monsieur Reihl jeta un coup d'œil au bout de papier jauni.

— De trois millimètres d'épaisseur et d'une surface d'un mètre carré... oui, c'est ça, plus ou moins... Andersson pensait qu'on pouvait même les faire plus grandes... mais ça voulait dire en faire quatre, ou même cinq pour en avoir une de bonne. Alors que là nous pouvons arriver à en sauver une sur deux... plus ou moins...

— Qui est Andersson ?

— Eh bien, Andersson à présent ce n'est plus personne. Mais autrefois c'était mon ami. C'était un homme juste, et il connaissait tout du verre. Tout. Il aurait pu nous faire n'importe quoi... il aurait pu nous faire même des boules énormes, s'il avait voulu, ou s'il avait eu le temps...

— Des boules ?

— Oui, des boules de verre... énormes... mais ça c'était une histoire entre lui et moi... ça n'a rien à voir avec... avec les plaques de verre, ni avec le reste... Peu importe.

Hector Horeau se tut. Monsieur Reihl se tut. Le silence glissa sur le dessin du Crystal Palace. Ça ressemblait à une énorme serre avec à l'intérieur juste trois ormes, mais gigantesques. Ça ressemblait bel et bien à une absurdité. Mais il fallait se l'imaginer avec des milliers de gens dedans, et dans le fond un orgue immense avec ses tuyaux, et des fontaines, des tapis roulants en bois, et les objets venus de tous les coins du monde, des pièces de navire, des inventions bizarres, des statues égyptiennes, des locomotives, des sous-marins, des tissus de toutes les couleurs, des armes imparables, des instruments de musique, des animaux jamais vus, des tableaux grands comme des murs, des drapeaux partout, et de la cristallerie, des bijoux, des machines volantes, des pièces d'eau, des tombeaux, des charrues, des treuils, des engrenages, des mappemondes, des boîtes à musique. Il fallait imaginer les bruits, les voix, les sons, l'odeur, les milliers d'odeurs. Et surtout : la

lumière. La lumière qu'il y aurait là, à l'intérieur...
Là, comme nulle part ailleurs dans le monde.

Horeau se pencha sur le dessin.

— Vous savez quoi... de temps en temps je me
dis ça... je me dis que quand ce sera entièrement
construit, et que le dernier ouvrier aura donné la
dernière retouche, je ferai sortir tout le monde...
tout le monde... j'entrerai par là, seul, et je ferai
fermer toutes les portes. Il n'y aura pas un bruit,
rien. Juste mes pas. Et lentement je marcherai
jusqu'au centre du Crystal Palace. Lentement,
mètre après mètre. Et si le monde ne se met pas
à osciller autour de moi, j'arriverai à la fin exactement ici, sous les ormes, et je m'arrêterai. Et
alors... cet endroit-là, exactement celui-là, en fait,
je le sais, sera l'endroit où je devais arriver. Du
plus loin, d'où que ce soit, je n'ai fait que marcher
vers ce point exact, ce mètre carré de bois posé
au fond d'un immense verre renversé. Là, ce jour-
là, je serai arrivé à la fin de ma route. Après... tout
ce qui se passera après... ça ne comptera plus.

Monsieur Reihl avait les yeux fixés sur ce point,
exactement sous les trois ormes gigantesques. Il
ne disait rien parce qu'il pensait à un homme,
debout, à cet endroit-là, les cheveux en désordre,
infiniment las et sans plus aucun endroit où aller.
Mais il finit quand même par dire quelque chose :

— C'est un beau nom.

— Lequel ?

— Crystal Palace... C'est un beau nom... ça lui
aurait plu au vieil Andersson... ça lui aurait plu,

tout ça... il aurait fait pour vous les plus belles plaques de verre qu'on puisse faire... il avait du génie, pour ces choses-là, lui...

— Vous voulez dire que sans lui vous n'allez pas me les faire, ces plaques de verre ?

— Oh non, ce n'est pas ce que je veux dire... bien sûr que nous allons pouvoir vous les faire... trois millimètres d'épaisseur, peut-être même un peu moins... oui, je crois que nous pourrons les faire, je voulais juste dire que... avec Andersson ç'aurait été différent, c'est tout... mais... peu importe. Vous pouvez compter sur nous. Vous voulez ces plaques de verre et vous les aurez. Je voulais juste vous demander... dans le dessin, comment voit-on jusqu'où elles vont ?

— Jusqu'où elles vont ? Ben, partout elles vont.

— Partout mais jusqu'où ?

— Partout... tout est fait en verre, vous voyez bien ? Les murs, la couverture, le transept, les quatre grandes entrées...

— Vous voulez dire que tout ça va tenir debout avec du verre de trois millimètres ?

— Pas exactement. Ce qui fait tenir la construction, c'est le fer. Le verre fait le reste.

— Le reste ?

— Oui... disons... le miracle. Le verre fait le miracle, la magie... Entrer dans un endroit et avoir l'impression qu'on est dehors... Être projeté à l'intérieur de quelque chose sans que ça vous empêche de regarder où vous voulez, le plus loin possible... Être dehors et en même temps

193

dedans... protégé et pourtant libre... c'est ça le miracle, et ce qui fait le miracle c'est le verre, uniquement le verre.

— Mais il va en falloir des tonnes... pour recouvrir toute cette chose, là, il va falloir un nombre fou de plaques de verre...

— Neuf mille. À peu près neuf mille. Ce qui veut dire, j'imagine, en produire le double, non ?

— Oui, quelque chose dans ce genre. Pour en avoir neuf mille, il faudra en faire au moins vingt mille.

— Savez-vous que personne n'a jamais fait une chose pareille ?

— Savez-vous que personne n'a jamais eu une idée aussi farfelue ?

Ils restèrent silencieux quelques instants, ces deux-là, l'un en face de l'autre, avec derrière eux une histoire, chacun la sienne.

— Y arriverez-vous, monsieur Reihl ?

— Moi oui. Et vous ?

Horeau eut un sourire.

— Qui sait...

Ils étaient en bas, à la verrerie, pour voir les fours, les cristaux et tout le reste. Ils y étaient quand Hector Horeau tout à coup se mit à pâlir et à chercher un pilier où s'appuyer. Monsieur Reihl vit son visage se couvrir de sueur. Une plainte sourde sortait de sa gorge, doucement, semblant venir de loin. Mais ce n'était pas comme quand quelqu'un appelle au secours. C'était l'écho d'une bataille secrète. Cachée. Aussi, personne, sur le moment, n'eut l'idée de s'approcher. Ils s'arrêtèrent tous, et quelques ouvriers. Et monsieur Reihl : mais tous, immobiles, restèrent à quelques pas de cet homme qui — on le voyait bien — était en train de livrer un duel mystérieux, un duel personnel. Il y avait lui, et il y avait quelque chose à l'intérieur de lui qui le mordait. Les autres ne pouvaient rien y faire. Où qu'il soit à ce moment-là, Hector Horeau y était de toute façon seul.

Cela ne dura que quelques instants. Très longs.

Puis s'éteignit la plainte sourde dans la gorge d'Hector Horeau, et la peur dans ses yeux. Il tira de sa poche un grand, un ridicule mouchoir rouge, et s'essuya le front.

— Je ne me suis pas évanoui, n'est-ce pas ?

— Non, lui répondit monsieur Reihl, s'approchant enfin et lui offrant son bras.

— Ça va beaucoup mieux maintenant, ne vous inquiétez pas... je vais y arriver... ça va beaucoup mieux.

Il y avait encore, alentour, un petit silence flottant dans l'air comme une bulle de savon.

— Je suis désolé... excusez-moi... excusez-moi.

Hector Horeau ne voulait pas, mais on finit par le convaincre de rester là pour la nuit. Il partirait le lendemain, ce n'était pas le moment de faire un voyage aussi fatigant après ce qui lui était arrivé. On lui donna la chambre qui regardait vers le verger. Tapisserie blanc et jaune, petit lit à baldaquin de dentelle. Un tapis, un miroir. L'aube montait exactement en face. C'était une belle chambre. Jun mit des fleurs sur la table de nuit. Blanches. Les fleurs.

Sous la véranda, avec l'air du soir qui piquait, monsieur Reihl resta assis pour écouter Hector Horeau racontant combien l'Égypte était immobile.

Il racontait d'une voix lente. Infiniment. Mais tout à coup il s'interrompit et, se tournant vers monsieur Reihl, chuchota

— Quelle tête avais-je ?

— Quand ça ?

— Là-bas, à la fabrique, cet après-midi.

— La tête de quelqu'un qui est terrorisé.

Il le savait, Hector Horeau. Il savait très bien quelle tête il avait. Cet après-midi-là, à la fabrique, et toutes les autres fois.

— Quelquefois je me dis que toute cette histoire avec le verre... le Crystal Palace et tous ces projets que je fais... voyez-vous, je me dis quelquefois que seul un homme qui a peur, comme j'ai peur, pouvait s'inventer ce genre de manie... Il n'y a rien d'autre là-dessous... que la peur, uniquement la peur... Comprenez-vous ? c'est ce qui est magique dans le verre... protéger sans emprisonner... être dans un endroit et pouvoir regarder partout, avoir un toit et voir le ciel... se sentir dedans et se sentir dehors, simultanément... une ruse, rien qu'une ruse... si vous voulez une chose mais qu'elle vous fait peur, vous n'avez qu'à mettre une plaque de verre au milieu... entre vous et cette chose... vous pourrez vous en approcher de très près, mais vous resterez en sécurité... C'est ça, finalement... je mets des parties de monde sous verre parce que ça me permet de sauver ma peau... ils vont se réfugier là-dedans, les désirs... à l'abri de la peur... une merveilleuse tanière transparente... Est-ce que vous comprenez tout ça ?

Peut-être qu'il le comprenait, tout ça, monsieur Reihl. Il se disait que les fenêtres des trains étaient en verre. Il se demandait s'il y avait un rapport, mais en tout cas elles étaient en verre. Il pensait à la seule fois de sa vie où il avait eu vraiment peur. Il pensait qu'il n'avait jamais imaginé qu'il lui fallait trouver un quelconque refuge pour ses désirs. Ses désirs, ils lui passaient par la tête et c'est tout. Ils étaient là. Et voilà tout. Et pourtant il comprenait tout ça, oui, il avait bien dû le comprendre d'une manière ou d'une autre puisqu'à la fin, au lieu de répondre, il dit, plus simplement

— Vous savez quoi, monsieur Horeau ? Je suis heureux qu'avant de pouvoir arriver à cet endroit-là, sous les ormes, au centre du Crystal Palace, il ait fallu que vous passiez par ici. Et ce n'est pas à cause des plaques de verres, ou de l'argent... pas seulement pour ça... mais à cause de ce que vous êtes. Vous êtes quelqu'un qui fait des boules de verre très grandes et très étranges. Et c'est beau de regarder dedans. Vraiment.

Le lendemain Horeau s'en alla tôt, le matin. Il avait retrouvé l'apparence d'un architecte de renom, son assurance, et le contrôle sur lui-même. Il constata une fois de plus qu'entre le triomphe et la défaite, son âme ne connaissait pas de moyen terme. Il s'était mis d'accord avec monsieur Reihl sur tous les détails concernant les matériaux pour le Crystal Palace : quantités, prix, délais de livraison. Il rentrait à Paris avec une carte décisive à jouer contre le scepticisme général.

Monsieur Reihl l'accompagna jusqu'en bas, jusqu'à la route, où Arold l'attendait. Il y passait tous les jours, par là, Arold. Ça ne lui faisait rien de s'arrêter un instant et de charger ce monsieur bizarre avec ces cheveux en désordre. Vraiment. Eh bien alors merci. Et de quoi ?

— Le comité devrait prendre sa décision dans les soixante jours qui viennent. Ça demandera peut-être un peu plus de temps. Mais au maximum dans les trois mois nous aurons la réponse. Et je vous télégraphierai immédiatement.

Ils étaient face à face, debout, tandis qu'Arold, assis sur son cabriolet, se produisait dans un de ses meilleurs numéros : l'absence la plus totale.

— Dites-moi, Horeau, est-ce que je peux vous demander quelque chose ?

— Bien sûr.

— Combien de probabilités avons-nous de gagner... enfin, je veux dire... Est-ce que vous pensez que vous allez gagner ?

Horeau sourit.

— Je pense que je ne peux pas perdre.

Il posa son sac de voyage dans le cabriolet, monta à côté d'Arold, hésita un instant, puis se tourna vers monsieur Reihl.

— Est-ce que je peux moi aussi vous demander quelque chose ?

— Bien sûr vous pouvez, répondit monsieur Reihl en portant machinalement sa main à la cicatrice qui courait le long de son visage.

— Qui a bien pu avoir l'idée d'installer un monument au chemin de fer là-bas ?

— Ce n'est pas un monument.

— Ah bon ?

— C'est une vraie locomotive, celle-là.

— Une vraie locomotive ? Et que fait-elle là ?

Monsieur Reihl avait passé la nuit à faire ses comptes, croisant des montagnes de chiffres avec la pensée de vingt-mille plaques de verre.

— Comment, ça ne se voit pas ? Elle est prête à partir.

Quatre

1

« ... Eт ça veut dire quoi, " par hasard " ?... tu
crois vraiment qu'il peut y avoir des
choses qui arrivent " par hasard " ? Alors je devrais
croire que ma jambe écrabouillée c'est un
hasard ? ou ma ferme, et la vue qu'on avait de là,
et ce chemin... ou ce que j'entends la nuit, quand
je ne dors pas, des nuits entières... c'est par là,
c'est par ce chemin-là qu'elle est partie, Mary...
elle en pouvait plus, et un jour elle est partie...
elle a pris ce chemin et elle est partie... elle n'en
pouvait plus de moi, c'est sûr... une vie impossible,
et... et il faudrait que je me console et que je me
dise c'est un " hasard " si je suis devenu impossible
et si Mary était belle... pas très belle, mais quand
même, belle... quand elle dansait, dans les fêtes,
et qu'elle souriait, les hommes se disaient qu'elle
était belle... ils se le disaient... mais je suis devenu
impossible, voilà la vérité... je m'en suis aperçu,
jour après jour, mais y avait rien à faire... ça m'est
remonté par la jambe et petit à petit ça m'a pourri
à l'intérieur... je suis sûr que tout a commencé à

cause de ma jambe... j'étais pas comme ça, avant... je savais vivre, avant, mais après... j'y arrivais plus... et il faudrait que je me mette à me haïr moi-même pour tout ça ? Ça devait arriver et c'est arrivé, voilà tout... un peu comme cette histoire, là... là aussi on pourrait dire " c'est le hasard ", mais ça voudrait dire quoi ? est-ce que ça veut seulement dire quelque chose ? la veuve Abegg elle le savait bien, elle, elle y croyait, que c'était pas une histoire de hasard mais une histoire de destin, ce qui est une chose bien différente... et Pehnt aussi il avait compris... tu me diras qu'une veste c'est pas grand-chose, et que c'est de la folie de décider comment elle sera, ta vie, le jour où ta veste sera à ta taille... mais une chose vaut l'autre, une veste, ou une jambe écrasée, ou un cheval qui s'emballe et qui t'envoie dans l'autre monde... le destin fait feu de tout bois... avec un brin de paille s'il n'a rien d'autre... et pour Pehnt il avait cette veste et rien d'autre... moi je dis qu'elle a bien fait, la veuve Abegg... Et va pas t'imaginer qu'elle en a pas souffert... elle a souffert, et drôlement... mais quand la veste a été à sa taille, c'était clair que Pehnt devait s'en aller... / Elle relève la tête du lavoir, la veuve Abegg, elle lève la tête un instant pour crier à Pehnt mais où diable était-il donc toute la nuit, et elle n'arrive pas à dire un seul mot parce que dans ses yeux arrive l'image de ce garçon qui vient vers elle, vêtu d'une veste noire. Parfaite. Qui sait à quel moment précis une veste devient parfaite, qui sait ce qui décide de l'instant où un tableau ne peut plus tenir et se décroche, où une pierre immobile depuis des années va se tourner d'un rien sur elle-même ? Quoi qu'il en soit, elle était parfaite. Et la veuve Abegg fut incapable de dire un seul mot, et elle sentit seulement à l'intérieur le coup violent d'une émotion qui ressemblait à de la peur, à de la joie, à de la surprise et à mille autres choses. Elle repenche la tête sur le lavoir et elle sait qu'elle fait le premier geste d'une nouvelle vie. La dernière. /... il devait partir à la capitale, c'était ça son destin... loin de Quinnipak... pour toujours... non que ce soit moche de vivre ici, non... mais c'était son destin... moche ou pas, c'était à la capitale qu'il devait partir, et il est parti... et je dis, moi, que c'était juste qu'il en soit ainsi... et même Pekisch m'a dit un jour " c'était juste qu'il en soit ainsi "... pourtant il l'aimait beaucoup ce garçon... ils étaient tout le temps ensemble, imagine-toi qu'il y a même eu des gens pour aller raconter des choses... Pekisch et Pehnt, Pehnt et Pekisch... des méchancetés, voilà tout, ils ricanaient dans leur dos, ces imbéciles... ils étaient seulement amis... rien de mal làdessous... Pehnt, il n'avait même pas de père,... et Pekisch... lui il n'avait personne, on ne savait même pas d'où il venait, certains disaient même que c'était un ancien bagnard, tu te rends compte... Pekisch, un bagnard... fallait en avoir, de l'imagination... il aurait été incapable de faire du mal à une mouche... il vivait pour la musique et c'est tout... pour ça il avait une vraie folie, il avait du génie... ça oui... figure-toi que quand Pehnt a décidé de partir... c'est-à-dire... Pehnt a décidé de partir, alors Pekisch lui a dit " pars le jour de la Saint-Laurent ", il y a la fête ce jour-là, tu sais, la fête de la Saint-Laurent, " pars le jour de la Saint-Laurent, après la fête, tu resteras écouter la fanfare et puis après tu partiras ", lui a dit Pekisch... il voulait sûrement lui faire entendre encore une fois la fanfare, tu comprends ? il voulait qu'il s'en aille sur ça, comme adieu... alors il a inventé quelque chose de magnifique... je le sais parce que j'ai joué dedans moi aussi ce jour-là... quelque chose de magnifique... tu sais, il n'avait jamais composé de musique lui, je veux dire une musique rien qu'à lui... il connaissait toutes les musiques du monde, Pekisch, et il les arrangeait pour nous, il les transformait, quoi, mais... c'était toujours la musique de quelqu'un d'autre, tu vois... alors que cette fois-là, il nous l'a dit lui-même, c'est une musique à moi... comme ça, simplement, avant qu'on commence à répéter, il a dit tout bas " c'est une musique à moi " / Pekisch assis devant le piano, il a fermé la porte au verrou, il tient ses mains serrées l'une contre l'autre sur ses genoux, il regarde le clavier. Ses yeux vont d'une touche à l'autre, comme pour suivre un grillon qui danserait dessus. Des heures. Il ne pose pas les doigts sur les touches, il se contente de les regarder. Pas une seule note ne joue, elles sont toutes dans sa tête. Des heures. Puis il referme le piano, se lève et sort. Il s'aperçoit qu'il fait nuit.

Il revient dans la chambre. Il va se coucher. /... et en fait ce n'était pas une musique parce que pour être précis il en avait inventé deux, des musiques, et c'est ça le plus beau de l'histoire... certaines choses, il était le seul à pouvoir y penser... il a séparé la fanfare en deux et il a tout organisé... une fanfare partait du bout du bourg à gauche en jouant une certaine musique et l'autre partait du bout opposé en jouant une musique complètement différente... tu comprends ?... comme ça elles se croiseraient exactement au milieu de la rue, et après elles continueraient toutes les deux, toujours tout droit, jusqu'à la fin du bourg... chacune arrivait à l'endroit d'où l'autre était partie, et vice versa... un truc compliqué... un sacré spectacle... des tas de gens sont venus pour voir ça... des villages d'à côté, même... tout le monde le long de la rue pour voir cette curiosité... pas le genre qu'on entend tous les jours... la fête de la Saint-Laurent... je l'oublierai pas facilement... personne l'oubliera facilement... même la patronne l'a dit, " c'était merveilleux ", elle a dit... et elle m'a dit " tu as très bien joué, Kuppert ", je te jure... elle était venue toute seule à la fête, toute seule avec Mormy, je veux dire, parce que au dernier moment monsieur Reihl était resté à la maison... il y avait toutes ces histoires pour son chemin de fer... tous ces travaux à surveiller... et puis il s'est passé quelque chose, je ne sais pas, je crois qu'on lui a télégraphié et il a dit à Jun qu'il ne pouvait pas venir, qu'il devait attendre quelqu'un...

quelqu'un du chemin de fer, sans doute... personne ne savait où il avait trouvé tout cet argent
pour la faire partir, Élisabeth... mais il disait " avec
le verre on peut faire des miracles, et je vais en
faire un "... je ne sais pas ce qu'il voulait dire... /
On a télégraphié un message pour monsieur
Reihl, une seule ligne, *Tout est décidé, arriverai
demain. Signé : H.H.* Demain sera un grand jour,
dit monsieur Reihl en regardant vers le grand pré
en bas, où on travaillait à poser les portions de
voie ferrée, les unes après les autres, les unes à la
suite des autres. L'étrange intimité de ces deux
rails. La certitude qu'ils ne se rencontreront
jamais. L'obstination avec laquelle ils continuent
de courir côte à côte. Ça lui rappelle quelque
chose. Il ne sait pas quoi. /... il faisait des miracles
avec le verre, monsieur Reihl, et Pekisch avec la
musique, finalement... il n'y a que moi qui n'en
faisais pas... même avant, quand ma jambe était à
sa place... et après... j'ai laissé les choses aller
comme elles devaient aller... et le hasard n'a rien
à voir là-dedans... tu y crois toi, mais tu es jeune,
tu ne sais rien... toujours un plan précis, derrière
tout... en ça il avait raison monsieur Reihl... chacun a ses rails devant lui, qu'il les voie ou qu'il les
voie pas... les miens m'ont emmené jusqu'à la
foire de Trinniter, juste le jour où il fallait... des
jours, il y en avait des milliers, et des foires aussi...
mais c'est ce jour-là que j'y suis arrivé, à Trinniter,
le jour de la foire... pour m'acheter une serpe...
une belle serpe... je voulais aussi acheter une

malle, tu sais, une de ces malles qu'on voit quelquefois, dans les maisons, avec toutes ces babioles à l'intérieur... mais impossible de trouver une malle, alors j'avais juste ma serpe, dans la main, quand j'ai aperçu Mary, au milieu des gens... toute seule... ça faisait des années que je ne l'avais pas vue, que je n'avais pas eu de nouvelles d'elle... et voilà qu'elle était là... pas tellement changée d'ailleurs... c'était vraiment Mary... tu peux me dire maintenant si le hasard a quelque chose à voir là-dedans... ce qu'il y ferait, le hasard, dans une histoire pareille... ç'avait été pensé, tout ça, étudié sur le papier... moi avec la serpe dans la main, et Mary, après tellement d'années, qui m'arrive sous le nez... je ne lui voulais pas de mal... je serais allé la trouver et je lui aurais dit " salut Mary " et on se serait raconté des trucs... peut-être qu'on serait allés boire un verre ensemble... mais j'avais une serpe, dans la main... ça personne veut le comprendre mais c'était comme ça... qu'est-ce que je pouvais y faire ?... peut-être que si j'avais eu des fleurs, dans la main, tu vois, peut-être qu'on se serait remis ensemble, ce jour-là, Mary et moi... mais c'était une serpe que j'avais... ça ne pouvait pas être plus clair... des rails comme ça même un aveugle les verrait... c'était mes rails à moi... ils m'ont amené jusqu'à un pas de Mary, au milieu des gens, elle a eu à peine le temps de m'apercevoir et puis la serpe l'a éventrée, comme un animal... une mare de sang... et les hurlements... ceux-là ils me résonnent dans la tête encore maintenant, des hurlements comme ça j'en avais encore jamais entendu... mais ceux-là aussi... ces hurlements-là, ils n'avaient rien fait d'autre pendant des années que de m'attendre, moi... un cri, il peut t'attendre pendant des années, et le jour où tu arrives, il est là, à l'heure, terrifiant... c'est pareil pour tout... tout ce que tu rencontres était déjà là à t'attendre depuis toujours... pareil pour toi, qu'est-ce que tu crois ? et cette prison dégueulasse... et tout le monde qui est là, au bord des rails, à attendre que je passe...

« Mais je vais passer... je vais passer... Dites donc au gibet de m'attendre, j'y passerai aussi, par là. Encore une nuit et il n'aura plus besoin d'attendre. »

2

Par terre, la terre est sèche, et brune, et dure. Il l'a bue tout entière, le soleil, pendant des heures, effaçant toute une nuit d'eau, d'éclairs, et de tonnerre. Ainsi finirent également, dans le néant, les peurs. Sur la terre, un peu de poussière presque immobile. Pas de vent pour l'emporter. Les gens, avec une méticulosité étrange, ont effacé les traces de sabots des chevaux et les sillons des roues des voitures. Toute la rue comme une table de billard en terre brune.

La rue est large de trente pas. Elle sépare le bourg en deux. De ce côté-ci de la rue. De l'autre côté. La rue est longue de mille pas, en comptant à partir de la première maison du bourg et en s'arrêtant au coin de la dernière. Mille pas normaux. D'un homme normal, si ça existe.

À l'extrémité gauche de la rue — gauche en regardant au nord — il y a douze hommes. Deux rangées de six hommes. Ils tiennent à la main d'étranges instruments. Certains petits, d'autres grands. Ils sont tous immobiles. Les hommes, bien sûr, pas les instruments. Et ils regardent devant eux. Et donc, peut-être, en eux.

À l'extrémité droite de la rue — droite en regardant au nord — il y a douze autres hommes. Deux rangées de six hommes. Ils tiennent à la main d'étranges instruments. Certains petits, d'autres grands. Ils sont tous immobiles. Les hommes, bien sûr, pas les instruments. Et ils regardent devant eux. Et donc, peut-être, en eux.

Dans les mille pas de rue qui séparent les douze hommes de gauche des douze hommes de droite il n'y a rien ni personne. Parce que les gens — et ici les gens ce ne sont pas simplement quelques passants mais des dizaines et des dizaines de personnes qui ensemble font des centaines de personnes, disons quatre cents, peut-être même plus, autrement dit tout le bourg plus ceux venus de loin exprès pour être là, à cet instant précis.........

Dans les mille pas de rue qui séparent les douze hommes de gauche des douze hommes de droite il n'y a absolument rien ni personne. Parce que les gens sont attroupés et compressés entre les bords de la rue et les façades des maisons, chacun veillant, malgré la foule et la tension, à ne pas laisser son pied déborder sur ce qui peut désormais en tout état de cause être considéré, après tant de méticuleux travail, comme une splendide table de billard de terre brune. Et plus on s'approche de l'hypothétique et malgré tout réel point de l'exacte moitié de la rue, là où les douze hommes de gauche croiseront à un moment précis — au moment culminant — les douze hommes de droite, comme les doigts de deux mains qui se cherchent et se trouvent, comme les roues d'un grand engrenage sonore, comme les fils d'un tapis oriental, comme les vents d'une bourrasque, comme les deux projectiles d'un même duel.........

Et plus on s'approche de l'exacte moitié de la rue, plus la foule se fait dense, avec les gens attroupés et serrés autour de ce point névralgique, le plus proche possible de cette limite invisible où se mélangeront les deux nuages sonores (comment ce sera, impossible d'imaginer), avec grande accumulation d'yeux, capelines, habits du dimanche, enfants, surdités de vieillards, décolletés, pieds, regrets, bottes cirées, odeurs, parfums, soupirs, gants en dentelle, secrets, maladies, paroles jamais dites, lorgnons, douleurs immenses, chignons, putains, moustaches, épouses vierges, cerveaux éteints, poches de gousset, idées sales, montres en or, sourires de bonheur, médailles, pantalons, sous-vêtements, illusions — tout un grand inventaire d'humanité, un concentré d'histoires, un embouteillage de vies déversées dans cette rue (et avec une violence particulière sur ce point de l'exacte moitié de cette rue) pour servir de digues à la trajectoire d'une singulière aventure sonore — d'une folie — d'un caprice de l'imagination — d'un rite — d'un adieu.

Et tout ceci — tout — baignant dans le silence.

Si l'on est capable de l'imaginer, c'est ainsi qu'il faut l'imaginer.

Un silence infini.

Ce n'est pas pour dire : mais c'est toujours un merveilleux silence qui offre à la vie la déflagration énorme ou minuscule de ce qui, ensuite, deviendra souvenir inamovible. Bon.

Et c'est pour cette raison finalement qu'eux aussi, eux surtout, les douze hommes au début de la rue et les douze hommes à la fin de la rue, ils se tiennent immobiles, comme des pierres, chacun portant son instrument. Il ne reste plus qu'un seul instant avant que tout ne commence et ils se tiennent là, appuyés sur eux-mêmes, sans rien d'autre à faire, pour un instant encore, qu'être eux-mêmes — tâche immense — cruel, merveilleux devoir. S'Il existait quelque part, le bon Dieu, il les connaîtrait tous un par un, il saurait tout sur eux, et par eux serait ému. Douze d'un côté. Douze de l'autre. Ses fils, tous. Chacun d'eux. Et Tegon, qui joue d'une sorte de violon, et mourra dans les eaux glacées de la rivière, et Ophuls, qui joue d'une sorte de tambour, et mourra sans s'en apercevoir, une nuit où il n'y avait pas de lune, et Rjnh, qui joue d'une sorte de flûtiau, et mourra dans un bordel entre les cuisses d'une femme hideuse, et Haddon, qui joue d'une sorte de saxophone, et mourra à 99 ans, dommage, à un an près, et Kuppert, qui joue d'une sorte d'harmonica, et mourra sur le gibet, lui et sa jambe broyée, et Fitt, qui joue d'une sorte de grand tuba, et mourra en demandant pitié avec un pistolet pointé entre les deux yeux, et Pixel, qui joue d'une sorte de grosse caisse, et mourra sans avoir jamais dit même au dernier instant où diable il les avait cachés ses sous, et Griz, qui joue d'une sorte de double violon, et mourra de faim, bien trop loin de chez lui, et Momer, qui joue d'une sorte de clarinette, et mourra en blasphémant Dieu, cassé en deux par cette chienne de maladie, et Ludd, qui joue d'une sorte de trompette et mourra trop vite, sans avoir trouvé le bon moment pour le lui dire, à cette fille, qu'il l'aimait, et Tuarez, qui joue d'une sorte de grand cor, et mourra par erreur dans une rixe entre marins, lui qui n'avait jamais vu la mer, et Ort, qui joue d'une sorte de trombone, et mourra dans quelques minutes, le cœur réduit en bouillie par la fatigue ou l'émotion, va savoir, et Nunal, qui joue d'une sorte de bandonéon, et mourra fusillé à la place d'un libraire de la capitale qui portait une perruque et avait une femme plus grande que lui, et Brath, qui joue d'une sorte de flûte, et mourra en racontant ses péchés à un prêtre aveugle que les gens prenaient pour un saint, et Felson, qui joue d'une sorte de harpe, et mourra pendu à l'un de ses cerisiers après avoir choisi le plus grand et le plus beau de tous, et Gasse, qui joue d'une sorte de xylophone, et mourra par décret royal, un uniforme sur le dos et une lettre dans sa poche, et Loth, qui joue d'une sorte de violon, et mourra sans rien dire et sans savoir pourquoi, et Karman, qui joue d'une sorte de trompette, et mourra d'un coup de poing trop fort de « Bill, le fauve de Chicago », trois cents dollars à qui tiendra plus de trois reprises, et Waxell, qui joue d'une sorte de cornemuse, et mourra stupéfait avec dans les yeux l'image de son fils abaissant le canon fumant d'un fusil, sans faire un pli, et Mudd, qui joue d'une sorte de tam-tam, et mourra heureux, sans plus aucune peur ni aucun désir, et Cook, qui joue d'une sorte de clarinette, et mourra le même jour que le roi, mais sans être dans les journaux, et Yelyter, qui joue d'une sorte d'accordéon, et mourra en essayant de sauver des flammes une petite fille grassouillette qui deviendra célèbre par la suite en tuant son mari à coups de hache et en l'enterrant dans son jardin, et Doodle, qui joue d'une sorte de vielle à roue, et mourra en tombant en ballon aérostatique sur l'église de Salimar, et Kudil, qui joue d'une sorte de trombone, et mourra après avoir souffert une nuit entière, sans une plainte cependant, pour ne réveiller personne. Ses fils, tous, si seulement Il existait, quelque part, le bon Dieu. Et donc tous orphelins, évidemment, pauvres malheureux — otages du hasard. Et pourtant vivants, là, archivivants, malgré tout, et en ce moment plus qu'en aucun autre, alors que Quinnipak tout entier retient son souffle, et que la longue rue devant eux attend d'être sillonnée par le son de leurs instruments et, silencieusement, attend de devenir un souvenir. Le souvenir.

Un instant.

Puis Pekisch fait un geste.

Et c'est alors que tout commence.

Ils commencent à jouer, les douze hommes de droite et les douze hommes de gauche, et en jouant commencent à marcher. Des pas et des notes. Lentement. Ceux de gauche à la rencontre de ceux de droite, et vice versa. Deux nuées de sons, canalisées dans les mille pas de cette rue, la seule vraie rue de Quinnipak — dans le silence, évidemment, tu entends la double avancée de ces deux orages sonores — mais bien plus doux qu'un orage, à gauche on dirait une danse, légère, de l'autre côté ça pourrait être une marche ou même un chœur d'église, elles sont encore loin, elles se guettent du coin de l'œil, de loin, comme ça — en fermant les yeux peut-être qu'on arriverait à les entendre distinctement, toutes les deux, en même temps, mais distinctes l'une de l'autre — certains ferment les yeux, d'autres regardent fixement devant eux, et il y a ceux qui regardent à droite et puis à gauche et puis à droite et puis à gauche — pas Mormy, lui, bien sûr il a le regard fixe — la vérité c'est que les gens ne savent pas très bien où ils doivent regarder — Mormy, lui, est déjà kidnappé par une image, qui l'a transpercé presque tout de suite, même avant le long instant de silence, et même avant quoi que ce soit — dans la foule des gens et des regards ses yeux avaient mille endroits où se poser mais c'est sur le cou de Jun qu'ils se sont retrouvés pour finir

— la vérité c'est que carrément les gens ne savent
pas très bien non plus ce qu'ils doivent écouter
— les gens attendent de laisser la magie couler
sur eux, le moment venu ils sauront quoi faire,
voilà — Jun est là juste devant, debout, immobile,
petite robe jaune, pas de capeline, mais ses cheveux remontés en chignon, sur la nuque, et c'est
évident, ce serait arrivé à n'importe qui étant là,
à un pouce d'elle, juste derrière elle, ce serait
arrivé à n'importe qui d'avoir les yeux qui viennent finir sur cette peau blanche, et cette courbe
de la nuque glissant vers l'épaule, et sur tout ça
le reflet du soleil — ils se posèrent là, les yeux de
Mormy, et y restèrent, rien à faire, il était bien
capable cette fois encore de rater tout / ce tout
qui avançait lentement depuis les deux extrémités
de la ville, remontant la rue, soulevant un voile
de poussière, pas plus, mais en revanche colorant
l'air de sons mobiles, itinérants et vagabonds —
on dirait une berceuse, cette danse, on dirait
qu'elle avance en roulant sur elle-même, faite de
rien, faite de crème — on dirait des soldats,
comme ça, en rangées, six devant, six derrière,
trois mètres exactement entre chacun — fusiller
le silence avec des armes de bois, de cuivre et de
cordes — plus ils se rapprochent et plus tout se
brouille dans les yeux et toute ta vie se rassemble dans tes oreilles — chaque pas supplémentaire construit dans ta tête un seul grand
instrument schizophrénique et cependant précis
— comment je vais leur raconter tout ça, à la mai-

218

son ? ils ne pourront jamais comprendre / il n'a pas tout de suite compris, Ort, ce qui se passait, il s'est juste senti glisser vers l'arrière, il voyait ça du coin de l'œil, il se désenfilait de sa fanfare, petit à petit, comme une bouffée blanche qu'un orage laisse derrière lui dans sa traversée implacable du ciel — il tenait son trombone à la main et il marchait, mais il se passait quelque chose, sinon comment se faisait-il qu'il voyait maintenant arriver sur le côté la clarinette de Cook, qui était parti derrière lui, et qui était là à présent, presque à côté maintenant — il jouait, le trombone d'Ort, mais quelque chose était en train de se casser à l'intérieur — à l'intérieur d'Ort, pas du trombone / tu aurais pu mesurer dans ta tête, pas après pas, l'étreinte de ces sons qui se rapprochaient les uns des autres — comment ça pourra-t-il tenir tout entier, dans une seule tête, dans la tête de chacun, quand ces deux marées de sons finiront l'une sur l'autre, l'une dans l'autre, exactement à l'endroit exact de la moitié de la ruc / à la moitié de la rue précisément où se tenait Pekisch, au milieu des autres gens, sa tête baissée et ses yeux qui regardaient par terre — c'est drôle, on dirait qu'il prie, se dit Pehnt qui est de l'autre côté de la rue, au milieu des gens, avec sa veste noire sur le dos, juste en face de Pekisch qui cependant regarde par terre, c'est drôle, on dirait qu'il prie / il n'eut même pas le temps de prier, Ort, il avait autre chose à faire, à jouer dans un trombone, ce qui n'est pas rien — quelque chose se déchira en lui,

voilà — peut-être la fatigue, peut-être l'émotion
— il glissa lentement vers l'arrière — des pas de
plus en plus petits, mais beaux, à leur façon — il
gardait sa bouche sur le trombone, et il soufflait,
toutes les notes justes, celles étudiées pendant des
jours entiers, il ne les jouait pas fausses, c'étaient
elles qui le trahissaient, petit à petit, elles s'estom-
paient au loin, elles s'échappaient, ces notes —
Ort qui marche, sur place, sans avancer d'un cen-
timètre, jouant d'un trombone qui n'émet plus
une seule note — dans le grand instrument itiné-
rant et bifide, c'est comme si une bulle éclatait
dans l'air — un vide qui s'évapore dans l'air / l'air
vient presque à manquer, tellement les gens se
serrent, sans s'en apercevoir, comme aspirés par
cet instrument bifide qui lentement referme ses
pinces pour capturer le spasme de tous — à s'en
étouffer, sauf que le cerveau est désormais
emporté par les sirènes qui chantent à ses oreilles
— emporté comme Jun, debout au milieu des
gens, avec la sensation de tous ces corps contre
elle — elle sourit, Jun, ça ressemble à un jeu —
et elle ferme les yeux, et tandis qu'elle se laisse
glisser dans un lac de sons agité d'une douce tempête elle le sent très bien, tout à coup, ce corps
qui au milieu de tous les autres, et bien plus que
tous les autres, se presse contre elle, collé à son
dos et plus bas le long de ses jambes, partout, on
dirait — et elle le sait, bien sûr, comment pour-
rait-elle ne pas le savoir, que ce corps est celui de
Mormy / au milieu de tous ces gens et cependant

tout seul, Ort s'est arrêté — la fanfare, à présent, l'a laissé derrière elle, et l'émotion générale est ailleurs — lui, il s'est arrêté — il écarte le trombone de sa bouche, il met un genou à terre, puis l'autre, il ne voit et il n'entend plus rien, juste cette morsure indécente qui le dévore de l'intérieur, saloperie avide / bien sûr qu'il aurait été enchanté, quelqu'un comme monsieur Reihl, de voir tout ça, lui qui est en ce moment le front appuyé contre la vitre, à regarder les ouvriers qui transpirent sur ses rails argentés — il a dit j'arrive, donc il va arriver — qui labourent la terre pour y semer l'émotion d'un chemin de fer — et il arrive en effet, Hector Horeau, il monte lentement le chemin qui mène à la maison Reihl — il n'y a guère plus qu'une poignée de minutes maintenant entre ces deux-là, l'homme du train et l'homme du Crystal Palace / il n'y a plus maintenant que cent mètres à peine entre la berceuse et cette marche qui ressemble à un chœur d'église — elles se cherchaient, elles se trouveront — les instruments les uns dans les autres, et les pas qui glissent parallèlement, imperturbables, exactement sur cette ligne invisible qui dessine la moitié exacte de la rue — précisément là où se tiennent Pekisch, la tête penchée, immobile, et Pehnt, de l'autre côté de la rue — Pehnt qui partira — Pehnt qui n'entendra jamais plus rien de ce genre — Pehnt qui brûle dans cette fournaise de sons l'instant vide d'un adieu — peut-être faudrait-il y avoir transpiré, dans cette fournaise, et on ne s'étonnerait pas alors que la main de Jun soit lentement descendue jusqu'à frôler la jambe de cet homme qui était un garçon, un peu blanc et un peu noir — Jun immobile, les yeux fermés et dans sa tête la marée de sons qui entraîne dans un naufrage impossible à raconter — il n'y a rien de plus beau que les jambes d'un homme, quand elles sont belles — dans le point le plus caché de toute la fournaise une main qui remonte le long de la jambe de Mormy, une caresse qui cherche quelque chose, et qui sait où aller — mille fois il se l'était imaginée, Mormy, comme ça, absurdement, la main de Jun sur son sexe, pressant avec douceur, pressant avec rage / et à la fin ce fut avec la douce fatigue des vaincus qu'Ort, à genoux, se plia en deux et offrit sa tête à la terre, restant ainsi, en équilibre, presque en adoration, avant de s'écrouler comme un animal foudroyé par un projectile entre les deux yeux, écrasé par la mort, pantin défait jonchant le sol, grotesquement éclairé sur le front par une étincelle de lumière partie du soleil et venue rebondir sur ce trombone mort avec lui, à côté de lui / il y a de quoi se sentir mourir à voir la lenteur exaspérante avec laquelle ces deux minuscules armées marchent l'une sur l'autre, pas après pas — cette sorte de chœur d'église, comme si c'était un rite, la commotion solennelle, et avec un petit goût de marche dedans, un soupçon de triomphe peut-être — et cette sorte de berceuse, qui roule comme faite de rien, faite de crème, il y avait plein

de choses comme ça quand on était petits — le
rite et la berceuse — l'étreinte d'une église illu-
minée, la caresse du sommeil — la cérémonie, la
nostalgie — une émotion et une autre émotion
— l'une sur l'autre — ce sera comment, de les
voir mousser l'une dans l'autre — et de les écouter ? / quelles nouvelles apporte-t-il ? se dit monsieur Reihl en entendant s'ouvrir la porte de son
cabinet de travail — Hector Horeau, là debout,
les cheveux en désordre, son sac marron à la main
— on dirait qu'il ne s'est quasiment rien passé
depuis la première fois — on dirait la répétition
pure et simple / sauf que cette fois tout est vrai,
pure et simple réalité, c'est bien Jun et c'est bien
sa main qui glisse entre ses cuisses à lui — comme
ce cou candide glissant vers l'épaule — si Mormy
pouvait le voir, en ce moment, il saurait qu'il brille
d'émotion et qu'imperceptiblement il tremble,
d'un tremblement infiniment petit et secret / un
frisson les traverse tous, plus ou moins, maintenant qu'il n'y a plus que quelques mètres, avant
qu'inexorablement ils ne soient l'un sur l'autre,
les deux nuages de sons — la pagaille dans la tête
de chacun — cœurs qui s'affolent, milliers de
rythmes intimes qui se mêlent à ces deux rythmes-
là, si limpides, qui bientôt vont se rencontrer /
adieu Pehnt, adieu ami qui ne seras plus là, encore
une fois adieu, tout ceci est pour toi / glisse la
main de Jun entre boutonnières et pudeurs, avec
douceur et désir / Bienvenue, monsieur Horeau
— en souriant et en lui tendant la main — Bien-

venue, monsieur Horeau / cinq mètres, pas plus — un spasme, une torture — qu'enfin ils se rencontrent, nom de Dieu — que tout explose comme un cri / mais Hector Horeau ne répond pas, il pose son sac par terre, lève les yeux, reste un instant silencieux, et puis dans un sourire, son visage s'ouvre, dans un sourire / MAINTENANT — maintenant — c'est maintenant, là — qui aurait jamais imaginé ça ? — un million de sons qui s'échappent affolés dans une seule et même musique — là, l'un à l'intérieur de l'autre — il n'y a pas de début pas de fin — chaque fanfare qui engloutit l'autre — la commotion dans la terreur dans la paix dans la nostalgie dans la fureur dans la fatigue dans le désir dans la fin — au secours — où est donc passé le temps ? — où a donc disparu le monde ? — qu'est-ce qui se passe, pour que tout soit ici, maintenant — MAINTENANT — MAINTENANT / et enfin le regard de Pekisch se relève et, de tous les yeux qui sont en face des siens immédiatement s'empare de ceux de Pehnt, perforant l'explosion de sons qui s'embouteille au milieux d'eux, et il n'y aura plus besoin de paroles après un regard comme celui-là, ni de gestes ni de rien / et la main de Jun enfin s'empare du sexe de Mormy, chaud et dur d'un désir qui vient de loin et de toujours / il se passe la main dans les cheveux, Hector Horeau, et dit Nous avons perdu, monsieur Reihl, voilà ce que je voulais vous dire, nous avons perdu / voilà / c'est arrivé / voilà / c'est arrivé / c'est arrivé /

voilà /c'est arrivé / c'est arrivé / c'est arrivé /
quelqu'un pourrait-il dire combien de temps ça a
duré — un rien, une éternité — ils ont défilé les
uns à côté des autres, sans se regarder, pétrifiés
par l'ouragan de sons / Pas de Crystal Palace ?
— Non, pas de Crystal Palace, monsieur Reihl /
il baisse à nouveau les yeux, Pekisch, on dirait qu'il
prie / mais c'est dans le point le plus secret de la
grande fournaise et personne ne peut la voir, la
main de Jun, qui glisse sur le sexe de Mormy et
le caresse partout — la paume d'une main de
petite fille et cette peau en alerte, l'une contre
l'autre — y a-t-il un duel, au monde, qui soit plus
beau ? / c'est comme une espèce de méli-mélo
magique qui peu à peu se dénoue — une sorte
de gant retourné — elles sont dos à dos à présent,
les deux petites armées de notes — pas un seul
pour tourner la tête, même un instant, ils regardent droit devant eux en défilant les uns à côté
des autres — et qui a regardé quelque chose, finalement, à cet instant-là, tous frappés par l'éclat de
cette musique sans direction ni sens ? / non,
n'importe quoi mais ne pleure pas, surtout pas
maintenant, n'importe quoi, Pehnt, mais pas ça
— pourquoi ? — pas maintenant, Pehnt / et pourtant quelqu'un a pleuré, à ce moment-là, et
d'autres ont ri, et il y en a un qui s'est entendu
chanter — j'ai eu peur, moi, je me souviens —
terreur que ça ne s'arrête jamais — et pourtant,
lentement, tout s'en va vers sa fin, un pas après
l'autre / Ils ont choisi le projet de Paxton — Qui

est Paxton ? — Un autre que moi / elle sent la musique se dénouer dans sa tête, Jun, et simultanément le sexe immobile de Mormy, cloué par le plaisir — le rythme subtil et fluide de cette main — que peut-il faire contre ça, un homme qui est un garçon — que peut-il faire, dans un piège comme celui-là ? / et la berceuse de nouveau se rassemble sur elle-même, et de l'autre côté s'écoule la marche qui ressemble à un chœur d'église — elles s'en vont au loin en se tournant le dos — la nostalgie et le rite — une émotion et l'autre — dans la tête c'est comme si les nuages d'un miracle se dispersaient — la douceur des notes qui s'en vont de nouveau loin les unes des autres — le soulagement de l'au revoir — c'est ça, peut-être, le plus émouvant — le filigrane de l'au revoir — si seulement on pouvait le sentir sous ses doigts — la douceur qui file cet instant de l'au revoir / C'est une sorte de grand hémisphère en pierre, avec un grand portail au nord, et des galeries surélevées tout autour — Pas de verre ? — Des baies vitrées, uniquement des baies vitrées, à la file les unes des autres — Et pourquoi a-t-il gagné ? — Est-ce si important de savoir pourquoi ? / et c'est précisément au moment où se relâche la morsure de l'émotion et se desserrent les mailles de la foule — où redescend le sortilège de l'éloignement — juste au cœur de la fournaise où s'éparpillent les cendres de la tension — c'est à ce moment-là que Jun sent battre la queue de Mormy, comme un cœur noyé, à bout de forces,

226

et puis son sperme descendre le long de ses doigts, s'en aller partout — l'envie précise de la main de Jun et le désir exténué de Mormy, l'une et l'autre se fondant dans ce liquide feutré — il y a toujours à la fin, pour toutes les rivières, une mer où se jeter — la main de Jun qui glisse et s'en va, très lente — revient pour un instant — disparaît dans le néant / les gens tout doucement ont recommencé à prendre conscience d'eux-mêmes — visages hébétés qui récupèrent leur dignité — oreilles qui se bercent de l'affaiblissement mesuré des notes — lointain, c'est un mot très beau — et ceux qui rouvrent les yeux sentent les flèches du soleil — tandis que les autres continuent à jouer, imperturbables, et à aligner un pas après l'autre chacun sur son fil imaginaire et rectiligne — un de ces fils frôlera le corps défait d'Ort, jonchant le sol — c'est inévitable, il faudra bien qu'ils repassent par là — mais aucun ne s'arrêtera, juste peut-être une déviation imperceptible, un instant, pas plus, sans un tremblement dans les notes, pas même le reflet de quoi que ce soit — si on ne comprend pas ça, on ne comprend rien — parce que là où la vie brûle, la mort vraiment n'est rien — il n'y a rien d'autre, contre la mort — sauf ça — brûler la vie vraiment / monsieur Reihl et Hector Horeau assis, regardant au loin, silencieux — en eux, le temps / les deux mains de Jun, l'une dans l'autre, reposant sur sa robe jaune — en elles, un secret / dans quelques mètres, la fin — ils n'ont pas dévié d'un millimètre quand ils ont défilé à côté d'Ort — s'incline la danse qui ressemble à une berceuse — se retire la marche qui ressemble à un chœur d'église — s'estompe la nostalgie — s'évapore le rite — il n'y a personne qui ose respirer — les cinq derniers pas — la dernière note — fin — immobiles à l'extrême limite de la dernière maison — comme si c'était un gouffre — les instruments se taisent — il n'y a pas un bruit, rien — quelqu'un osera-t-il jamais rompre le sortilège ? — tout à l'heure ils jouaient, et maintenant ils sont immobiles, tournant le dos à la ville, avec devant eux l'infini — comme tout le monde d'ailleurs — l'infini dans la tête — même Ort a l'infini devant lui, à sa manière — tout le monde — à ce moment-là et toujours.

C'est ça l'horrible et le merveilleux.

Ce ne serait rien si seulement on n'avait pas en face de soi l'infini.

... die uns beinah bestürzt,...

Cinq

1

—**M**ADAME Reihl, madame Reihl... excusez-moi... Madame Reihl...

— Entre, Brath.

— Madame Reihl, il y a quelque chose...

— Parle, Brath.

— Mormy...

— Qu'y a-t-il, Brath ?

— Mormy... Mormy est mort...

— Qu'est-ce que tu dis ?

— Ils ont tué Mormy.

— Qu'est-ce que tu dis ?

— Ils l'ont tué. Il était là, et ils l'ont frappé à la tête, ils lançaient des pierres et il y en a une qui l'a frappé juste sur la tête. Il s'est écroulé comme une chiffe. Il ne respirait plus.

— Qu'est-ce que tu dis ?

— Il y avait ceux du chemin de fer, les ouvriers, ils étaient comme fous, ils nous criaient dessus, ils étaient à quarante, peut-être plus, on a essayé de les arrêter mais ils étaient trop nombreux, alors on s'est sauvés... on était en train de se sauver quand ils ont commencé à nous lancer ces damnées pierres, et je sais pas pourquoi mais Mormy est resté derrière, je lui ai crié de s'en aller, mais il n'entendait pas, je ne sais pas, il est resté là et à la fin il y a une pierre qui l'a frappé juste sur la tête et il est tombé d'un seul coup et alors ils se sont tous arrêtés mais c'était trop tard, y avait plus rien à faire, il ne respirait plus, et il avait la tête toute... il était mort, quoi.

— Qu'est-ce que tu dis ?

— Ils voulaient démonter le chemin de fer, c'est pour ça qu'on était allés là-bas, et on a commencé à leur dire leur fait mais c'est des sales gens, et on était pas nombreux, si bien que pour finir on a pris nos jambes à notre cou et on s'est tous sauvés, sauf Mormy... il a commencé à courir avec nous mais à un moment il s'est retourné et il s'est arrêté, je ne sais pas pourquoi, et il était là, en plein milieu, immobile, quand les autres ont commencé à nous lancer ces maudites pierres, ils ricanaient et ils nous lançaient des pierres mais comme ça, pour se moquer de nous... sauf que Mormy était resté là en plein milieu, et il les fixait, il les fixait, peut-être que ça aussi ça les a mis en boule, je ne sais pas, mais j'ai vu qu'à un moment il s'est écroulé par terre, une pierre l'avait chopé en pleine tête, il s'est écroulé et les autres ont arrêté de rire... et nous, on a arrêté de courir. On a fait demi-tour mais il n'y avait plus rien à faire, il avait la tête tout écrabouillée, du sang partout, elle était ouverte, sa tête, je sais pas ce qu'il voulait regarder, pourquoi il s'est arrêté comme ça, rien ne serait arrivé s'il nous avait suivis...

— Qu'est-ce que tu dis ?

— Ils étaient devenus fous, ceux du chemin de fer, parce qu'il y a des mois qu'ils n'ont pas vu un sou, alors ils se sont mis à démonter les rails les uns après les autres et ils ont dit qu'ils continueraient tant qu'ils ne verraient pas arriver les sous qu'on leur doit, et c'est ce qu'ils ont fait, ils se sont mis à démonter les rails les uns après les autres... alors je leur ai dit que quand monsieur Reihl reviendrait il rapporterait certainement leurs sous, mais ils ne voulaient plus rien savoir, ils n'y croyaient plus... nous on voulait pas qu'ils démontent le train de monsieur Reihl, c'est pour ça qu'on est allés là-bas, pour les arrêter, en somme, et c'était pas la peine que Mormy vienne mais il a voulu venir, et les autres ont dit qu'un de plus ça serait pas de trop, alors il est venu. Et une fois là-bas on a essayé de leur parler et de les convaincre, mais c'est vraiment des sales gens, je l'avais dit d'ailleurs à monsieur Reihl, méfiez-vous, ceux-là, ils viennent droit du bagne... mais il voulait pas en entendre parler... et les insultes ont volé et je sais pas comment ça a commencé mais à la fin on s'est retrouvés là à leur dire leur fait, nous on avait emmené quelques bâtons avec nous, mais comme ça, pas pour s'en servir, juste pour pas arriver les mains vides... mais quand j'ai vu sortir les couteaux, alors j'ai crié à tout le monde

235

de se sauver, parce qu'ils étaient trop nombreux, et puis c'est des sales gens, si bien qu'on a commencé à courir, tout le monde sauf Mormy, il avait commencé à courir lui aussi mais après je l'ai plus vu, et c'est quand je me suis retourné que je l'ai vu, là en plein milieu, il s'était arrêté, immobile, et il fixait ces voyous, je sais pas pourquoi, il avait l'air ensorcelé, il n'entendait rien, il les fixait et c'est tout, comme une statue, mais la statue à un moment elle s'est fracassée par terre, ils l'avaient chopé en pleine tête et il s'est écroulé... en arrière... comme une chiffe... alors on s'est tous arrêtés, on s'est arrêtés mais les autres aussi ont arrêté de rire, de parler, un silence affreux, on ne savait pas quoi faire, et Mormy qui était là par terre, il faisait pas un geste, rien. Alors je suis revenu en arrière en courant parce que je me suis dit qu'ils l'avaient tué, et c'était bien ça, ils l'avaient tué ces salauds... Il avait la tête ouverte en deux, il y avait du sang partout et d'autres trucs, j'aurais voulu faire quelque chose mais on ne savait même pas où le toucher, on arrivait même pas à retrouver les yeux dans toute cette bouillie, pour le regarder bien dans les yeux et lui dire de tenir le coup, qu'il s'en sortirait, mais ils y étaient plus, ses yeux, il n'y avait plus rien, on ne savait plus à quoi s'adresser, et alors je lui ai pris les mains, c'est tout ce que j'ai trouvé, et je suis resté là, à lui serrer fort les mains, comme un imbécile, à pleurer comme un môme, je sais pas, faut dire que c'était affreux, et en plus pour une connerie

pareille... pourquoi il s'est pas sauvé, hein ?
qu'est-ce qu'il avait donc vu pour rester là, immobile, à se faire tuer, qu'est-ce qu'il avait donc vu,
j'en sais rien, il était toujours là à vous regarder
avec ce regard dingue, il vous regardait pas
comme les autres, il avait une manière, lui... pas
possible que ça soit finalement ça qui lui ait coûté
la vie ? mais qu'est-ce qu'il avait donc dans les yeux
pour se faire tuer comme ça ? qu'est-ce qu'il cherchait, bon Dieu... qu'est-ce qu'il cherchait...

Huit mois après la fête de la Saint-Laurent, un
après-midi de janvier, Mormy fut tué. Monsieur
Reihl était parti, personne ne savait où. Jun était
seule, quand on enterra Mormy. Et elle resta seule
encore pendant des jours et des jours, jusqu'à ce
qu'arrive un paquet pour elle avec son nom écrit
en noir sur le papier marron. Elle coupa la ficelle
qui maintenait le tout, ouvrit le papier marron et
dessous il y avait un papier blanc. Elle ouvrit le
papier blanc qui enveloppait un papier rouge qui
empaquetait une boîte violette dans laquelle elle
trouva une petite boîte recouverte d'un tissu
jaune. Elle l'ouvrit. Dedans il y avait un bijou.

Alors Jun appela Brath et lui dit :

— Monsieur Reihl revient. Arrange-toi pour
savoir quand il arrivera et par où. Je veux aller à
sa rencontre.

— Mais c'est pas possible, personne ne sait où
il est allé.

— Emmène-moi jusqu'à lui, Brath. Le plus vite
que tu peux.

Deux jours plus tard Jun se retrouva assise dans la gare de chemin de fer d'une ville dont elle ne savait même pas qu'elle existait. Des trains arrivaient, des trains partaient. Mais elle restait assise, les yeux fixés au sol. Elle respirait paisiblement, sous un masque de patience infinie. Des heures passèrent. Puis un homme s'approcha d'elle, qui était monsieur Reihl.

— Jun, que fais-tu ici ?

Elle se leva. Elle paraissait vieillie de beaucoup, beaucoup d'années. Mais elle sourit, et dit doucement

— Excuse-moi, Dann. Mais il fallait que je te demande une chose.

Brath était là, quelques pas plus loin. Il avait le cœur qui lui explosait à l'intérieur.

— Un jour tu m'as dit que nous ne mourrons jamais, toi et moi. C'était vrai ?

Ils arrivaient et repartaient, les trains, comme fous. Et tous ces gens, à monter et descendre, chacun à coudre sa propre histoire avec l'aiguille de sa propre vie, maudit et magnifique travail, tâche infinie.

— C'était vrai, Jun. Je te le jure.

Quand monsieur Reihl arriva chez lui, il y trouva un affreux silence et un hôte non désiré : l'ingénieur Bonetti. L'ingénieur parla beaucoup, revenant constamment sur deux expressions qui devaient lui paraître tout résumer : « incident déplaisant » et « regrettable retard de paiement ». Monsieur Reihl resta quelques instants à l'écouter, sur le seuil, sans le faire entrer dans la maison. Puis, quand il fut définitivement certain que cet homme lui répugnait, il l'interrompit et lui dit :

— Je veux que vos hommes soient partis ce soir. Dans un mois vous recevrez votre argent. Et maintenant allez-vous-en.

L'ingénieur Bonetti grommela quelque chose, irrité.

— Et autre chose. Il y avait une quarantaine d'hommes là-bas, ce jour-là. Et l'un de ces hommes avait un sacré coup d'œil ou une sacrée malchance. Si vous le connaissez dites-lui qu'ici tout le monde lui a pardonné. Mais dites-lui aussi ceci : qu'il le paiera. Quelque chose a mal tourné pour lui, et il le paiera.

— Je peux vous assurer, monsieur Reihl, que je serais bien incapable de me faire le porteur d'un message aussi barbare puisque je suis, comme je vous l'ai déjà dit, dans l'ignorance la plus totale de qui a bien pu...

— Disparaissez. Vous puez la mort.

Le lendemain, le chantier était désert. Tous disparus. Il y avait neuf kilomètres et quatre cent sept mètres de rails devant les yeux d'Élisabeth. Immobiles. Muets. Ils finissaient dans une prairie quelconque, au milieu de l'herbe. Ce fut là qu'il arriva, monsieur Reihl, après avoir marché seul, sous une pluie très fine, un pas après l'autre, pendant des heures. Il s'assit sur le dernier tronçon de rails. A regarder autour de soi, il n'y avait que des prairies et des collines, le tout noyé dans cette eau grise qui tombait doucement d'en haut. Tu pouvais te tourner de tous les côtés, tout avait l'air terriblement pareil. Rien qui te parle, ou qui te regarde. Un désert moisi, sans paroles et sans directions. Il continuait à regarder autour de lui, monsieur Reihl, mais rien à faire. Il n'arrivait vraiment pas à comprendre. Impossible. Vraiment, il n'arrivait pas à le voir. De quel côté était la vie.

2

Monsieur Reilh et Hector Horeau, assis l'un en face de l'autre, au cœur de l'hiver, au cœur de la grande maison : silencieuse. Ils ne s'étaient plus revus. Des années. Et puis Horeau est arrivé.

— Il n'y avait pas de neige à Paris.

— C'est plein de neige, ici.

L'un en face de l'autre. Grands fauteuils en osier. Ils respirent le silence, sans chercher de mots. Être là, c'est déjà un geste. Minute après minute, peut-être une heure comme ça. Puis, presque imperceptiblement, la voix d'Hector Horeau commence à glisser :

— Ils croyaient qu'il ne tiendrait pas debout. Quand la foule arrivera pour l'inauguration, des milliers et des milliers de gens, il se pliera comme du papier, et au fond c'est du papier, pire même, du verre. Voilà ce qu'ils disaient. Il tombera dès qu'on posera le premier de ces énormes arcs en fer, on les posera et tout s'écroulera, voilà ce que les experts écrivaient. Le jour arrive, et une bonne partie de la ville est venue là exprès pour voir tout s'écrouler. Ils sont énormes, ces arcs en fer, les nervures qui soutiennent le transept, il faut des dizaines de treuils et de poulies pour les lever, lentement, ils doivent monter jusqu'à vingt-cinq mètres de hauteur puis venir se poser sur les colonnes qui partent du sol. Il faut au moins une centaine d'hommes. Ils travaillent sous les yeux de tous. Tous là à attendre la catastrophe. Ça prend une bonne heure. Quand on est à presque rien de l'instant crucial, certains ne supportent plus et baissent les yeux, ils ne veulent pas voir, et ils ne les verront donc pas, ces arcs de fer énormes, descendre tout doucement se poser sur les colonnes, comme de gigantesques oiseaux migrateurs venus de loin pour se reposer là. Et maintenant ils applaudissent, les gens. Ils disent tu vois, je l'avais bien dit. Puis ils rentrent chez eux et ils racontent, et les enfants sont là, les yeux écarquillés, qui les écoutent. Tu m'emmèneras le voir un jour, le Crystal Palace, dis ? Oui, je t'y emmènerai un jour, dors maintenant.

Monsieur Reihl a dans les mains un livre neuf et il coupe les pages, une à une, à l'aide d'un coupe-papier en argent. Il libère les pages une à une. Comme s'il enfilait des perles sur un fil, l'une après l'autre. Horeau se tord les mains et regarde devant lui.

— Trois cents soldats du Corps of Royal Sappers. Ils sont commandés par un homme dans la cinquantaine, avec une voix perçante et de grandes moustaches blanches. Ils ne croyaient pas qu'elles résisteraient, les galeries surélevées, sous le poids de tous ces gens et de toutes ces choses qui arriveraient pour l'Exposition universelle : c'est pour ça qu'ils ont appelé les soldats. Rien que des gosses, qui sait s'ils ont peur. On veut les faire monter là-haut et marcher sur les planches en bois qui, de l'avis général, devraient s'écrouler. Ils montent, marchant sur les passerelles, en rang deux par deux. Une procession qui n'en finit plus. Qui sait s'ils ont peur ? A la fin on les déploie là-haut, comme pour une parade, ils ont même des fusils, chacun le sien, et des sacs à dos remplis de pierres. Les ouvriers regardent, d'en bas, ils se disent quelle drôle de guerre. L'homme aux moustaches blanches crie un ordre et les soldats se raidissent. Un autre cri et ils commencent à marcher, parfaitement alignés, implacables. A chaque pas tout pourrait se rompre mais sur ces trois cents visages il n'y a rien d'écrit, ni peur, ni étonnement, rien. Parfaitement entraînés à marcher à la mort. Un sacré spectacle. A voir de loin, on dirait une guerre enfermée dans une bouteille, un travail tout en finesse, autre chose que les goélettes. Une guerre glissée dans une grande bouteille de verre. Le vacarme cadencé des pas rebondit sur les parois de verre, revient, se promène dans les airs. Un des ouvriers a un harmonica dans sa poche. Il le sort et commence à jouer *God save the Queen* sur le rythme de cette marche qui ne veut rien dire. Rien ne se rompra, ils arriveront au bout vivants. C'est beau, le son de l'har-

243

monica. Ils arrivent tout au bout de la galerie et
ils s'arrêtent. Un cri de l'homme aux moustaches
blanches les arrête. Un autre leur fait faire demi-
tour. Ils repartiront, une deuxième fois puis une
troisième. On ne sait jamais. Dans un sens puis
dans l'autre, à dix mètres du sol, sur un plancher
de bois qui ne s'écroulera pas. Drôle d'histoire.
Ça aussi, ce sera dans les journaux. Comme l'autre
histoire, celle des moineaux. Une nuée immense
de moineaux arriva et se posa sur les poutres du
Crystal Palace. Des milliers de moineaux, on ne
pouvait plus travailler. Ils venaient profiter de la
tiédeur derrière les vitres déjà montées. Aucun
moyen de les faire partir de là. Un vacarme inta-
rissable, et puis partout ces vols fous et incessants
qui vous mettaient la tête à l'envers. Impossible
de leur tirer dessus, avec tout ce verre. On a essayé
les poisons, mais les oiseaux ne s'y laissaient pas
prendre. Tout fut arrêté. On était à deux mois de
l'inauguration et il fallut tout arrêter. C'était ridicule, mais on ne pouvait rien y faire. Chacun, évidemment, donnait son avis, mais aucun système
ne fonctionnait, aucun. Et tout aurait fini en que-
nouille si la reine n'avait pas dit demandez donc
au duc de Wellington. Lui-même. Il arriva un
matin, sur le chantier, et il observa pendant quelque temps les milliers de moineaux qui profitaient
de la vie derrière les vitres et dans le ciel. Il
regarda et dit : « Un faucon. Faites venir un faucon. » Il ne dit rien d'autre, et s'en alla.

Monsieur Reihl coupait les pages de son livre, une à une. Page vingt-six. Et il écoutait.

— Indescriptible. Les gens rentrent chez eux, après avoir vu le Crystal Palace, et ils disent : on ne peut pas décrire. Il faut y avoir été. Mais c'est comment ? C'est vrai qu'il y fait une chaleur à crever ? Non, ce n'est pas vrai. Et comment ont-ils fait ? Je ne sais pas. C'est vrai qu'il y a un orgue énorme ? Il y en a deux, des orgues. Il y en a trois. J'ai entendu jouer les trois orgues du Crystal Palace : on ne peut pas décrire. Ils ont peint tous les piliers en fer, rouge, bleu, jaune. Et les vitres, parle-moi des vitres. Tout est en verre, comme une serre, mais en mille fois plus grand. Tu es dedans et c'est comme si tu étais dehors, et pourtant tu es dedans. Pas besoin de leur expliquer quoi que ce soit, aux gens, ils le savent bien, que c'est de la magie. Ils arrivent de dehors en marchant, et déjà ils ont compris, dès qu'ils le voient de loin, que personne n'a jamais vu une chose pareille. Et à mesure qu'ils s'approchent ils imaginent. Un monde entier fait en verre. Tout serait plus léger, alors. Même les paroles, et les horreurs, et même mourir. Une vie transparente. Et puis mourir avec les yeux qui peuvent regarder loin, et inspecter l'infini. Pas besoin de leur expliquer ces choses-là, aux gens. Ils les savent. Alors, quand l'Exposition universelle a été terminée, personne n'a pensé que le Crystal Palace aussi pouvait se terminer là, comme ça, définitivement. L'étonnement de tous ces yeux, et les rêves de tous ces hommes par milliers, tout ça était resté collé à lui. Alors on le démontera pièce par pièce, le gigantesque palais de verre, et on le remontera à l'extérieur de la ville, avec des kilomètres de jardins autour, et puis des lacs et des fontaines et des labyrinthes. La nuit, on y fera des feux d'artifice. Et le jour d'énormes concerts, ou des spectacles magnifiques, et des courses de chevaux, des batailles navales, des trucs avec des acrobates, des éléphants, des monstres. Tout est déjà prêt. On le démontera dans un mois et on le remontera là-bas. Exactement pareil. Ou même encore plus grand. Et les gens diront : si on allait au Crystal Palace demain ? Chaque fois qu'ils en auront envie, ils pourront aller là-bas et rêver ce qu'ils veulent. Quelquefois il pleuvra, et les gens diront : allons entendre le bruit de la pluie sur les vitres du Crystal Palace. Et ils se retrouveront par centaines sous toutes ces vitres, parlant à mi-voix, comme des poissons dans un aquarium, à écouter la pluie. Le bruit qu'elle fait.

Monsieur Reihl s'était arrêté de couper à la page quarante-six. C'était un livre qui parlait de fontaines. Il y avait aussi des croquis. Et des mécanismes hydrauliques incroyables. Il avait posé son coupe-papier sur l'accoudoir du grand fauteuil en osier. Il regardait Hector Horeau. Il le regardait.

— Un jour il m'arrive une lettre où quelqu'un m'écrit je veux rencontrer l'homme qui a imaginé le Crystal Palace. Ecriture de femme. Une signature, Rebecca. Puis il m'en arrive une autre, et une autre encore. Je finis donc par aller au rendez-vous, à cinq heures, exactement au centre du nouveau Crystal Palace, celui que nous avons reconstruit au milieu de kilomètres de jardins, de lacs, de fontaines et de labyrinthes. Rebecca a une peau très blanche, presque transparente. Nous nous promenons parmi les grandes plantes équatoriales et les affiches de la prochaine rencontre de boxe entre Robert Dander et Pott Bull, match de l'année, billets en vente à l'entrée est, prix modiques. Je suis celui qui a imaginé le Crystal Palace. Je suis Rebecca. Les gens, autour, vont et viennent, s'assoient, bavardent. Rebecca dit J'ai épousé un homme merveilleux, il est médecin, il a disparu il y a un mois, sans rien dire, sans laisser une ligne, rien. Il avait un hobby un peu particulier, pratiquement une manie, il travaillait à ça depuis des années : il écrivait une encyclopédie imaginaire. Je veux dire qu'il inventait des personnages célèbres, je ne sais pas, des artistes, des savants, des politiciens, et il écrivait leur biographie et ce qu'ils avaient fait. Des milliers de noms, vous ne me croirez peut-être pas mais c'est vrai. Il avançait dans l'ordre alphabétique, il était parti de la lettre A et un jour ou l'autre il arriverait à la lettre Z. Il avait des dizaines de cahiers remplis. Il ne voulait pas que je les lise, mais quand il a disparu j'ai pris le dernier cahier et je l'ai ouvert à la page où il s'était arrêté. Il était arrivé à la lettre H. Le dernier nom était Hector Horeau. Il y avait votre histoire, et puis toute l'affaire du Crystal Palace, jusqu'à la fin. La fin ? Quelle fin ?

Jusqu'à la fin, dit Rebecca. Et c'est ainsi que j'ai su comment finirait le Crystal Palace, par la voix de cette femme qui marchait avec une élégance infinie et qui avait la peau très blanche, presque transparente. Je lui ai demandé Quelle fin ? Et elle me l'a racontée.

Monsieur Reihl se tenait là, immobile, à le regarder. Il avait posé par terre son livre sur les fontaines et tournait entre ses mains son coupe-papier en argent, faisant courir ses doigts sur la lame sans pointe, sans fil. Une sorte de poignard, mais lâche. Pour assassins fatigués. Hector Horeau regardait devant lui et parlait avec une douceur imperturbable.

— Il y avait huit musiciens qui répétaient. C'était le soir tard, et il n'y avait qu'eux dans le Crystal Palace, eux et quelques gardiens. Ils répétaient pour le concert du samedi. Elle paraissait très petite, cette musique, perdue au milieu de cette énormité de fer et de verre. On aurait dit qu'ils jouaient un secret. Et puis un rideau de velours a pris feu, personne n'a jamais su dire pourquoi. Le violoncelliste a vu du coin de l'œil cette torche étrange s'allumer à l'autre bout du Crystal Palace et il a écarté son archet des cordes. Ils ont cessé de jouer, l'un après l'autre, sans dire un mot. Ils ne savaient pas du tout quoi faire. Ça avait l'air de n'être rien. Deux gardiens étaient accourus immédiatement et s'escrimaient à faire tomber le rideau par terre. Ils avaient des gestes rapides, au milieu des langues de lumière que les flammes jetaient autour d'eux. Le violoncelliste prit les partitions sur son pupitre. Il dit Il faudrait peut-être appeler quelqu'un. Un des violonistes dit Moi je m'en vais. Ils remirent leurs instruments dans les étuis et sortirent les uns après les autres. L'un d'eux resta en arrière pour regarder les flammes qui s'élevaient de plus en plus haut. Puis ça a été l'affaire d'un instant : un parterre de buissons, à quelques pas du rideau, s'alluma comme un éclair et commença à crépiter férocement jusqu'à venir lécher le grand lustre à pétrole qui pendait au plafond et qui tomba dans un fracas énorme, si bien que le feu parut en un instant se répandre partout comme un immense grouillement de ruisseaux de flammes se lançant en folie contre tout ce qu'ils trouvaient, dans une contagion foudroyante de feu, de lumière, de fumée et de destruction brûlante. Un sacré spectacle. Les flammes dévorèrent en une poignée de minutes des tonnes de choses. De l'extérieur, le Crystal Palace commença à ressembler à une énorme lampe allumée par la main d'un géant. En ville, des gens s'approchèrent des fenêtres et dirent Qu'est-ce que c'est que cette lumière ? Une rumeur sourde commençait à descendre le long des allées du parc et atteignait déjà les premières maisons. Des dizaines de personnes arrivèrent, et puis des centaines, et puis des milliers. Pour aider, pour voir, pour crier, toutes la tête en l'air à regarder ce feu d'artifice démesuré. On jetait de l'eau à pleins barils, évidemment, mais rien ne pouvait

arrêter cette invasion de feu. Tout le monde disait
Ça tiendra, parce qu'un rêve comme celui-là ne
pouvait pas s'en aller de cette façon. Ils le disaient
tous Ça tiendra, et tous, vraiment tous, se deman-
dèrent Comment ça peut brûler, quelque chose
qui est en fer et en verre ? c'est vrai, comment
est-ce possible une chose pareille, ça ne brûle pas,
le fer, le verre non plus, et pourtant les flammes
sont en train de tout engloutir, tout, vraiment
tout, il y a quelque chose là-dessous, c'est pas possible. Ça n'a pas de sens. Et en effet ça n'avait pas
de sens, vraiment aucun, et pourtant, quand la
température à l'intérieur devint trop démentielle,
la première plaque de verre explosa, et personne
ou presque ne s'en aperçut, c'était une, seulement, sur des milliers, comme si ç'avait été une
larme, personne ne la vit, mais en fait c'était le
signal, le signe de la fin, et c'était ça en effet,
comme tout le monde se mit à le comprendre
quand les unes après les autres toutes les plaques
de verre commencèrent à exploser, à littéralement éclater en miettes, ça claquait comme des
coups de fouet, çà et là dans le grand crépitement
de l'immense incendie, le verre volait en tous
sens, un enchantement, une émotion qui vous
clouait là, dans la nuit éclairée comme en plein
jour, avec dans les yeux ces jets de verre jaillissant
de partout, une fête tragique, un spectacle à éclater en sanglots, là, sur-le-champ, sans savoir le
pourquoi. L'explosion des dix mille yeux du Crystal Palace. Le voilà, le pourquoi. Alors ce fut la

fin. Ce n'était plus qu'un gigantesque bûcher qui continua à dévorer de l'émotion pendant toute la nuit, le Crystal Palace s'en allait peu à peu, de cette manière absurde mais qui avait tout de même une sacrée classe, il faut le reconnaître, une sacrée classe. Il se laissa consumer petit à petit, presque sans résister, et à la fin se plia en deux, vaincu à jamais, sa colonne vertébrale se brisa en deux, cruellement fracassée, cette grande poutre en fer qui le parcourait tout entier, d'un bout à l'autre, elle se rompit après avoir résisté pendant des heures mais elle n'en pouvait plus, elle se déchira dans un grondement terrifiant que personne jamais ne pourra oublier, on l'entendit à des kilomètres de là, comme si une bombe immense avait explosé, fracassant la nuit aux alentours, et le sommeil de chacun, C'était quoi, maman ? Je ne sais pas, J'ai peur, N'aie pas peur, rendors-toi, Mais c'était quoi ? Je ne sais pas, mon petit, quelque chose a dû s'écrouler, le Crystal Palace s'est écroulé, voilà la vérité, il est tombé à genoux et il a rendu les armes, à jamais perdu, disparu, évanoui, et plus rien, voilà ce qui s'est passé, tout est fini, pour toujours cette fois, fini dans le néant, pour toujours. Quel qu'il soit, celui qui l'a rêvé, il s'est réveillé maintenant.

Silence.

Monsieur Reihl a baissé les yeux. Il tourmente la paume de sa main avec la pointe arrondie du coupe-papier en argent. On dirait qu'il écrit quelque chose avec. Une lettre puis une autre. Des

lettres comme des hiéroglyphes. Sur la peau il
reste des signes qui disparaissent ensuite comme
des lettres magiques. Il écrit et il écrit encore et
encore. Il n'y a pas un seul bruit, pas une voix,
rien. Un temps infini s'écoule.

Puis monsieur Reihl pose le coupe-papier et dit

— Un jour... quelques jours avant sa mort... j'ai
vu Mormy... j'ai vu mon fils Mormy qui faisait
l'amour avec Jun.

Silence.

— Elle était sur lui... elle bougeait lentement
et elle était très belle.

Silence.

Le lendemain Hector Horeau s'en alla. Monsieur Reihl lui offrit un coupe-papier en argent.
Ils n'allaient plus jamais se revoir.

3

Nom de Dieu Pekisch,
    Comment je dois te le dire d'arrêter de m'envoyer tes lettres chez monsieur Ives ? Je te l'ai écrit et réécrit que je n'habitais plus là. Je me suis marié, Pekisch, tu veux comprendre ça oui ou non ? J'ai une femme, elle va bientôt avoir un enfant, si Dieu le veut. Et de toute façon JE NE SUIS PLUS CHEZ MONSIEUR IVES. Le père de Dora nous a offert une petite maison avec un étage et j'aimerais bien recevoir tes lettres à cet endroit-là vu que je t'ai déjà donné cent fois l'adresse. Je veux dire : Monsieur Ives commence à s'énerver. Et en plus il habite de l'autre côté de la ville. A chaque fois il faut que je fasse un voyage pas possible. Et en fait je sais pourquoi tu t'obstines à m'envoyer tes lettres là-bas, et pour tout dire, c'est justement ça qui me rend dingue, parce que je peux parfaitement faire le voyage et monsieur Ives au fond est très patient comme homme, mais la vraie question c'est que tu t'obstines à ne pas vouloir penser que maintenant c'est ici que j'habite, et que je ne suis plus...

... un vent démentiel qui a tout mis sens dessus dessous, y compris les têtes, au sens des idées, pas au sens des têtes qu'on a sur les épaules. Et puis plus rien. En un certain sens, à bien y réfléchir, c'est idiot qu'on n'ait jamais pensé au vent pour transporter la musique d'un endroit à un autre. On pourrait facilement construire des moulins qui, un peu modifiés, pourraient filtrer le vent et récupérer les sons qu'il emporte dans un instrument idoine qui permettrait ensuite aux gens de les entendre. Je lui ai dit, à Caspar. Mais il dit que les moulins c'est pour la farine. Il n'a aucune poésie dans la tête, Caspar. C'est un brave garçon, mais il lui manque la poésie.

Allez.

Ne deviens pas trop bête, ne fréquente pas les riches et n'oublie pas ton vieil ami

Pekisch.

P.S. : Monsieur Ives m'a écrit. Il dit que tu n'habites plus chez lui. Non que je veuille me mêler de tes affaires, mais c'est quoi cette histoire ?

... merveilleuse, vraiment merveilleuse. Je n'imaginais même pas comment il pouvait être, et maintenant je suis là à le regarder, pendant des heures, et je n'arrive pas à croire que cette petite chose-là c'est mon fils, c'est vraiment incroyable mais c'est moi qui l'ai fait. Et Dora aussi, bien sûr. Mais de toute façon j'y suis pour quelque

chose. Et quand il deviendra grand ? Il faudra lui raconter quelque chose à ce gamin. Mais par où faut-il commencer ? Dis, Pekisch, que faut-il lui raconter la première fois qu'on lui raconte une histoire ? Vraiment la première : de toutes les histoires qui existent, il y en a sûrement une qui est la mieux pour être la première qu'il entende. Il y en a sûrement une, mais laquelle ?

Je suis heureux et je ne comprends plus rien.

Mais à chaque instant je continue toujours d'être ton

Pehnt.

Écoute-moi bien, Pehnt,

Je peux supporter l'idée, en soi ridicule, que tu te sois marié avec la fille du plus riche assureur de la capitale. Je peux supporter l'idée qu'en conséquence de ce geste spirituel et suivant une logique que je juge désolante tu te sois mis à faire le métier d'assureur. Je peux aussi, si tu y tiens vraiment, prendre acte du fait que tu es parvenu à mettre au monde un enfant, chose qui te conduira inéluctablement à fonder une famille et donc, en un laps de temps raisonnable, à devenir un crétin. Mais ce que je ne peux vraiment pas te permettre, c'est de donner à cette pauvre créature le nom de Pekisch, c'est-à-dire le mien. Mais quelle idée t'est donc passée par la tête ? Ce pauvre petit aura déjà suffisamment de problèmes sans que tu te mettes toi aussi à lui compliquer la vie avec un nom ridicule. Et puis ce n'est même pas un nom. Un vrai nom, je veux dire. Je ne suis pas né, moi, en m'appelant Pekisch. C'est venu après. Si vrai-

ment tu veux tout savoir, j'en avais un, de nom, avant ce maudit jour où Kerr a débarqué avec sa bande. C'est là que j'ai tout perdu, et mon nom avec. Ce qui s'est passé c'est que pendant que je me sauvais, et j'étais dans une ville dont je ne me souviens même plus où elle était, je me suis retrouvé dans une chambre horrible avec une petite putain à trois sous, et elle s'est assise sur le lit et elle m'a dit, Moi je m'appelle Franny et toi ? Qu'est-ce que j'en savais, moi. J'étais en train d'ôter mes pantalons. Je lui ai dit : Pekisch. J'avais entendu ça quelque part, mais va savoir où. C'est celui-là qui m'est venu : Pekisch. Et elle : Quel drôle de nom. Tu vois : même cette fille l'avait compris, que c'était un nom à la con, et toi tu voudrais le donner à cette pauvre créature. Est-ce que tu te rends compte qu'il est parti tout droit pour finir assureur ? Et tu crois qu'on peut devenir assureur avec un nom comme Pekisch ? Laisse tomber, va. Madame Abegg dit que Charlus ce serait très bien. Moi j'ai l'impression qu'il n'est pas vraiment prouvé que ça porte chance, comme nom, mais enfin... Peut-être que Bill, tout simplement, suffirait. Les gens ont confiance dans ceux qui s'appellent Bill. C'est bien comme nom pour un assureur. Réfléchis à ça.

Et puis Pekisch c'est moi. Qu'est-ce qu'il a à voir là-dedans, lui ?

Pekisch Sr.

P.S. : *Monsieur Reihl dit qu'il ne veut pas assurer le chemin de fer parce que le chemin de fer n'existe plus. C'est une longue histoire. Un jour je te la raconterai.*

Très vénérable et estimé Monsieur le Professeur Pekisch,

Nous vous serions reconnaissants si vous nous faisiez comprendre ce qui s'est produit nom de Dieu de si grave pour vous empêcher de prendre votre éminente plume et nous donner de vos nouvelles. De plus ce n'est pas très gentil de votre part de vous obstiner à nous renvoyer, avec les pages non coupées, le modeste fruit de plusieurs mois de notre labeur, à savoir l'humble Manuel du Parfait Assureur, *qui non seulement vous est dédié mais pourrait aussi ne pas vous être totalement inutile pour votre culture générale. L'air de Quinnipak n'est-il pas en train de rouiller l'affection que vous nourrissiez autrefois pour votre ami très dévoué, qui jamais ne pourra vous oublier, et qui a nom*

Pehnt ?

P.S. : Amitiés de Bill.

... en particulier là où il est question, dans le chapitre XVII, du rôle déterminant de l'usage des guêtres dans cette bonne présentation qui doit « sans conteste possible » signaler le véritable assureur. Je vous assure que des pages comme celles-là redonnent toute confiance dans la capacité de notre nation bien-aimée à engendrer d'inégalables écrivains comiques. Je ne sous-évalue certes pas l'ironie incomparable des paragraphes consacrés au

régime alimentaire du parfait assureur et aux adverbes dont le susdit ne devrait jamais faire usage en présence de son estimé client (lequel, votre ouvrage le confirme, a toujours raison). Je ne me permettrais pas non plus de nier la force dramatique des pages dans lesquelles, d'une plume magistrale, vous récapitulez les risques que comporte l'assurance des navires transportant de la poudre à canon. Mais laissez-moi vous redire que rien ne parvient à égaler le comique expressif des lignes consacrées aux guêtres précitées. En l'honneur de ces dernières, je commence à examiner sérieusement la possibilité de faire appel à vos services, en confiant à l'incontestable intégrité de votre Maison d'Assurances ce que j'ai de plus cher dans la vie et, tout compte fait, la seule chose que véritablement je possède : mes oreilles. Croyez-vous pouvoir m'envoyer un projet de contrat contre les risques de surdité, mutilations, lésions permanentes et pertes accidentelles ? Je pourrais également prendre en considération, étant donné mes possibilités financières toutes relatives, l'éventualité de n'assurer qu'une seule des deux oreilles. De préférence, la droite. Voyez ce qu'il vous est possible de faire. Veuillez agréer de nouveau mes félicitations les plus vives et avoir l'amabilité de me croire infiniment vôtre,

Pekisch.

P.S. : J'ai perdu un ami qui s'appelait Pehnt. C'était un garçon intelligent. En auriez-vous entendu parler ?

Mon vieux, mon sacré Pekisch,

Non, ne me fais pas ce coup-là. Je ne le mérite pas. Je m'appelle Pehnt, et je suis toujours celui qui restait couché par terre pour écouter la voix dans les tubes, comme si elle allait vraiment arriver, et elle n'arrivait jamais. Pas une seule fois elle n'est arrivée. Et maintenant je suis ici. J'ai une famille, j'ai un travail et le soir je me couche tôt. Le mardi je vais entendre les concerts qu'on donne à la Salle Trater et j'écoute des musiques qui n'existent pas à Quinnipak : Mozart, Beethoven, Chopin. Elles sont normales et pourtant elles sont belles. J'ai des amis avec qui je joue aux cartes, je parle de politique en fumant le cigare et le dimanche je vais à la campagne. J'aime mon épouse, qui est une femme intelligente et belle. C'est bon de rentrer à la maison et de la trouver là, quoi qu'il se soit passé dans le monde ce jour-là. C'est bon de dormir auprès d'elle et de se réveiller en même temps qu'elle. J'ai un fils et je l'aime, même si tout laisse à penser qu'une fois grand il sera assureur. J'espère qu'il fera bien son métier et qu'il sera un homme juste. Le soir je vais me coucher et je m'endors. Et c'est toi qui m'as enseigné que ça veut dire que je suis en paix avec moi-même. C'est tout. Voilà ma vie. Je sais que ça ne te plaît pas, mais je ne veux pas que tu me l'écrives. Parce que je veux continuer à aller me coucher, le soir, et à m'endormir.

Chacun a le monde qu'il mérite. J'ai peut-être compris que le mien, c'est celui-là. Ce qu'il a d'étrange, c'est qu'il est normal. Jamais rien vu de ce genre, à Quinnipak. Mais c'est peut-être pour cette raison-là que j'y suis bien. A Quinnipak, on a l'infini dans les yeux. Ici, si tu veux regarder vraiment loin, tu regardes dans les yeux de ton fils. Et c'est différent.

Je ne sais pas comment te le faire comprendre, mais ici on vit à l'abri. Et ce n'est pas une chose méprisable. C'est beau. Et puis, qui a dit qu'il fallait vivre exposé, toujours penché sur le bord des choses, à chercher l'impossible, à guetter tous les chemins de traverse pour s'extirper de la réalité ? Est-il vraiment obligatoire d'être exceptionnel ?

Je n'en sais rien. Mais je tiens très fort à cette vie que j'ai et je n'ai honte de rien : pas même de mes guêtres. Il y a une dignité immense, chez les gens, quand ils portent leurs propres peurs sur eux, sans tricher, comme des médailles de leur médiocrité. Et je suis un de ceux-là.

On regardait toujours l'infini, à Quinnipak, toi et moi. Mais ici, l'infini, il n'y en a pas. Alors nous regardons les choses, et ça nous suffit. De temps en temps, aux moments les plus inattendus, nous sommes heureux.

J'irai me coucher, ce soir, et je ne m'endormirai pas. Par ta faute, mon vieux, mon fichu Pekisch.

Je te serre dans mes bras. Dieu sait combien je te serre fort.

Pehnt, assureur.

4

Des choses arrivent, qui sont comme des questions. Une minute se passe, ou bien des années, puis la vie répond. L'histoire de Morivar était une de ces choses-là.

Quand monsieur Reihl était un tout jeune homme, il se rendit un jour à Morivar, parce que à Morivar il y avait la mer.

Et ce fut là qu'il vit Jun.

Et il pensa : je vivrai avec elle.

Jun était au milieu d'autres gens. Ils attendaient de s'embarquer à bord d'un navire qui s'appelait *Adel*. Bagages, enfants, hurlements et silences. Le ciel était clair et l'on annonçait de la tempête. Bizarreries.

— Je m'appelle Dann Reihl.

— Et alors ?

— Non, rien, je voulais dire que... tu vas partir ?

— Oui.

— Où vas-tu ?
— Et toi ?
— Nulle part. Je ne pars pas, moi.
— Et que fais-tu ici ?
— Je suis venu chercher quelqu'un.
— Qui ?
— Toi.

/ *Tu aurais dû la voir, Andersson, elle était d'une beauté... Elle n'avait qu'une valise, posée par terre, et à la main un paquet qu'elle tenait serré contre elle, elle ne voulait pas le lâcher, elle ne l'a pas lâché un seul instant ce jour-là. Elle voulait rester là, elle voulait monter dans ce bateau, alors je lui ai demandé « Est-ce que tu reviendras ? » et elle m'a répondu « Non ». Et j'ai dit « Alors je crois qu'il vaut vraiment mieux que tu ne partes pas », c'est ce que je lui ai dit. « Et pourquoi ? » Elle m'a demandé : « Et pourquoi ? »* /

— Parce que sinon comment feras-tu pour vivre avec moi ?

/ *Et alors elle a ri, c'était la première fois que je la voyais rire, et tu sais bien, Andersson, comment c'est quand Jun rit, on ne peut pas rester là et faire comme si de rien n'était, s'il y a Jun qui est là devant toi et qui rit, c'est clair que tu finis par te dire si je n'embrasse pas cette femme je deviens fou. Alors je me suis dit : si je n'embrasse pas cette fille je deviens fou. Evidemment, elle ne pensait pas tout à fait pareil, mais l'important c'est qu'elle a ri, je te jure, elle était là, au milieu de tous ces gens, avec son paquet serré entre ses bras, et elle a ri* /

Il restait encore deux heures avant le départ de l'*Adel*. Monsieur Reihl informa Jun que si elle n'allait pas boire quelque chose avec lui, il s'attacherait une grosse pierre autour du cou, il se jetterait dans l'eau du port, et la grosse pierre, en s'enfonçant dans l'eau, percerait la coque de l'*Adel* qui coulerait en heurtant le navire d'à côté, lequel, ayant les soutes remplies de poudre à canon, exploserait dans un fracas terrifiant en soulevant des flammes hautes de plusieurs dizaines de mètres qui en peu de temps...

— Bon, bon, avant que tout le pays ne s'enflamme, allons boire quelque chose, d'accord ?

Il lui prit sa valise, elle garda son paquet serré contre elle. La taverne était à une centaine de mètres de là. Elle s'appelait « Miséricordendieu ». Ce n'était pas un nom pour une taverne.

Monsieur Reihl avait deux heures devant lui, un peu moins, même. Il savait où il voulait aller, mais il ne savait pas d'où partir. Ce qui le sauva, ce fut une phrase que lui avait dite un jour Andersson, et qui était restée là pendant des années à attendre que son moment arrive. Et son moment était arrivé. « Si tu vois vraiment qu'il n'y a rien à faire, alors commence à parler du verre. Les histoires que je t'ai racontées. Tu verras, ça marchera. Aucune femme ne peut vraiment résister à ces histoires-là. »

/ Mais je n'ai jamais dit une imbécillité pareille, Bien sûr que tu l'as dite, Impossible, Ce qui te manque c'est la mémoire, cher Andersson, Ce qui ne te manque pas, c'est l'imagination, cher monsieur Reihl /

Pendant deux heures, monsieur Reihl raconta

le verre à Jun. Il inventa presque tout. Mais certaines choses étaient vraies. Et belles. Jun écoutait. Comme si on lui parlait de la lune. Puis un homme entra dans la taverne et cria que l'*Adel* allait lever l'ancre. Des gens qui se lèvent, des éclats de voix lancés d'un coin à l'autre, la valse des paquets et des bagages, et les enfants qui pleurent. Jun se lève. Elle prend ses affaires, elle tourne le dos et va vers la porte. Monsieur Reihl laisse l'argent sur la table et lui court après. Jun marche d'un pas rapide vers le bateau. Monsieur Reihl lui court après et se dit Une phrase, je dois absolument trouver la phrase qu'il faut. Mais c'est elle qui la trouve. Elle s'arrête brusquement. Elle pose sa valise par terre, elle se tourne vers monsieur Reihl et elle chuchote

— Tu en as d'autres, des histoires ?... des histoires comme celle du verre.

— Plein.

— Tu en as une qui peut durer une nuit entière ?

/ *Et c'est ainsi qu'elle n'y est pas montée, sur ce navire. Et que nous sommes restés tous les deux là-bas, à Morivar. Sept jours plus tard il devait en partir un autre. Ils sont vite passés. Puis sept autres jours ont passé. Cette fois le navire s'appelait* Esther. *Jun voulait vraiment y monter. Elle disait qu'il fallait vraiment qu'elle y monte. C'était à cause de ce paquet, tu comprends ? Elle m'a dit qu'elle devait vraiment le porter là-bas, je ne sais même pas où c'était, là-bas, elle ne me l'a jamais dit. C'est là où elle doit le porter. A quelqu'un, je crois. Elle*

264

*n'a jamais voulu me dire qui. Je sais que c'est une his-
toire bizarre mais c'est comme ça. Il y a quelqu'un, là-
bas, et un jour Jun arrivera devant ce quelqu'un et lui
remettra ce paquet. Pendant ces jours où nous étions à
Morivar, elle me l'a montré une fois. Elle a ouvert le
papier et dedans il y avait un livre, entièrement écrit
d'une toute petite écriture, relié en bleu... Un livre, tu
comprends ? Juste un livre /*

— C'est toi qui l'as écrit ?

— Non.

— Et que raconte-t-il ?

— Je ne sais pas.

— Tu ne l'as pas lu ?

— Non.

— Et pourquoi ?

— Un jour peut-être je le lirai. Mais avant je
dois le porter là-bas.

*/ Bon sang, Andersson, je ne sais pas comment il faut
faire dans la vie, mais il faut qu'elle l'emporte là-bas,
ce livre, et moi... moi je suis arrivé à ce qu'elle ne monte
pas sur ce navire qui s'appelait* Esther, *je suis arrivé à
la faire venir jusqu'ici, et chaque semaine il y a un
bateau qui part sans elle, depuis des années maintenant. Mais je n'arriverai pas indéfiniment à la garder
ici, je le lui ai promis, un jour elle se lèvera, elle prendra
son maudit livre et elle s'en retournera à Morivar : et je
la laisserai partir. Je le lui ai promis. Ne fais pas cette
tête, Andersson, je sais bien que ça a l'air absurde, mais
c'est comme ça. Avant moi, dans sa vie, est arrivé ce
livre, et je ne peux rien y faire. Il reste là, à la moitié de
son chemin, ce maudit livre, et il ne pourra pas y rester*

indéfiniment. Un jour il reprendra son voyage. Tu comprends ça ? Tout le reste, Quinnipak, cette maison, le verre, toi, Mormy, et même moi, tout le reste n'est qu'un long arrêt imprévu. Miraculeusement, depuis des années, son destin retient son souffle. Mais un jour il recommencera à respirer. Et elle partira. Ce n'est même pas aussi affreux qu'on pourrait croire. Tu sais, de temps en temps je me dis... peut-être que si Jun est aussi belle c'est parce qu'elle a son destin sur elle, limpide et simple. Ce doit être quelque chose qui te rend spécial. Elle, elle l'a. De ce jour-là, sur le quai de Morivar, il y a deux choses que je n'oublierai jamais : ses lèvres, et comment elle serrait ce paquet. A présent je sais qu'elle serrait son destin. Elle ne le lâchera pas simplement parce qu'elle m'aime. Et je ne le lui prendrai pas simplement parce que je l'aime. Je le lui ai promis. C'est un secret et tu ne dois le dire à personne. Mais c'est comme ça /

— Tu me laisseras partir, ce jour-là ?

— Oui.

— Vraiment, monsieur Reihl ?

— Vraiment.

— Et jusqu'à ce moment-là nous ne parlerons jamais plus de cette histoire, vraiment jamais plus ?

— Non, si tu ne le veux pas.

— Alors emmène-moi vivre avec toi. Je t'en prie.

Et c'est ainsi qu'un jour, de Morivar, arriva monsieur Reihl, et avec lui une jeune fille belle comme à Quinnipak on n'en avait jamais vu. Et c'est ainsi qu'ils s'aimèrent, ces deux-là, de cette manière

266

bizarre, ça paraissait impossible, à le voir, et pourtant c'était beau, si seulement on pouvait apprendre... Et c'est ainsi que pendant des jours et des jours, trente-deux années plus tard, monsieur Reihl fit semblant de ne pas voir les préparatifs minuscules qui pointaient leur nez sous les gestes de Jun, jusqu'au moment où il fut incapable de résister et, après avoir éteint la lampe, cette nuit-là, laissa glisser quelques instants de néant puis ferma les yeux et au lieu de dire

— Bonne nuit,

dit

— Quand pars-tu ?

— Demain.

Des choses arrivent, qui sont comme des questions. Une minute se passe, ou bien des années, puis la vie répond. Il s'était passé trente-deux années, avant que Jun ne reprenne sa valise, ne serre à nouveau son paquet contre elle et ne sorte par la porte de la maison de monsieur Reihl. Tôt le matin. L'air lavé par la nuit. Peu de bruits. Alentour, personne. Jun descend le chemin qui mène à la route. Le cabriolet d'Arold est là qui l'attend. Il y passe tous les jours, lui, par cette route. Ça lui est égal de passer un peu plus tôt que d'habitude, ce jour-là. Merci, Arold. Et de quoi ? Le cabriolet repart. Il grignote la route petit à petit. Il ne reviendra pas en arrière. Quelqu'un, il n'y a pas longtemps, s'est réveillé. Il le regarde passer.

C'est Jun.

C'est Jun qui s'en va.

À la main, elle a un livre, qui l'emmène loin d'ici.

(Adieu, Dann. Adieu, petit monsieur Reihl qui m'as enseigné la vie. C'est toi qui avais raison : nous ne sommes pas morts. Ce n'est pas possible de mourir près de toi. Même Mormy a attendu que tu sois loin pour le faire. Maintenant c'est moi qui m'en vais loin. Et ce n'est pas près de toi que je mourrai. Adieu, mon petit monsieur qui rêvais des trains et qui savais où était l'infini. Tout ce qu'il y avait à voir je l'ai vu, en te regardant. Et je suis allée partout, en restant avec toi. Cette chose-là, je n'arriverai jamais à l'expliquer à personne. Mais c'est ainsi. Et je l'emmènerai avec moi, et ce sera mon plus beau secret. Adieu, Dann. Ne pense jamais à moi, si ce n'est en riant. Adieu.)

Six

1

— 4 200 une fois... 4 200 deux fois......

— 4 600 !

— 4 600 pour le monsieur au fond de la salle, merci monsieur, 4 600...... 4 600 une fois... 4 600 deux fois...... nous sommes à 4 600, mesdames messieurs, vous ne voudriez pas m'obliger à le donner pour rien, pratiquement pour rien, un objet d'une aussi incontestable valeur artistique, et même, si vous me permettez, morale... nous restons donc à 4 600, messieurs... 4 600 deux fois...... 4 600

— 5 000 !

— 5 000 ! Je vois que finalement ces messieurs ont retrouvé leur courage... laissez-moi vous dire, sur la foi de mon expérience décennale, laissez-moi vous dire, messieurs, que c'est le bon moment de tirer vos cartouches... j'ai ici une offre de 5 000 qu'il serait criminel de laisser sur la table sans même...

— 5 400 !

— Ce monsieur monte de 400, merci, mon-

sieur... Nous sommes à 5 400...... 5 400 une fois...
5 400 deux fois...

Quand on mit aux enchères les biens de monsieur Reihl — procédure ennuyeuse rendue indispensable par la singulière ténacité de ses créditeurs — monsieur Reihl exigea d'être conduit à Leverster et d'assister personnellement à la chose. Il n'avait jamais vu de vente aux enchères de sa vie : il en était curieux.

— Et puis je veux les voir en face l'un après l'autre, ces vautours.

Il était assis au dernier rang : il ne perdait pas un mot et regardait autour de lui comme fasciné. Une à une s'en allaient les pièces les plus précieuses de sa maison. Il les voyait passer et disparaître, l'une après l'autre, et il essayait d'imaginer dans quels salons elles se retrouveraient. Il nourrissait la ferme conviction qu'aucun de ces objets ne serait satisfait du changement. Pour eux non plus, la vie ne serait plus la même. Le saint Thomas de bois, grandeur nature, échut pour une somme considérable à un monsieur aux cheveux gras et, très certainement, à l'haleine chargée. L'écritoire fut longuement disputée entre deux messieurs qui semblaient en être tombés éperdument amoureux : le gagnant fut le plus vieux, dont le profil imbécile excluait a priori l'éventualité qu'une écritoire pût lui être d'une utilité quelconque. Le service en porcelaine chinoise échut à une dame dont la bouche faisait frissonner d'horreur à l'idée qu'on pourrait être une tasse du service en question. La collection d'armes anciennes fut emportée par un étranger qui aurait aussi bien pu s'en servir pour lui-même. Le grand tapis bleu de la salle à manger échut à un inoffensif monsieur qui avait par erreur levé la main, dans un geste éloquent, au mauvais moment. La méridienne écarlate alla veiller sur le repos d'une demoiselle qui avait fait savoir, à son fiancé et à toute l'assistance, qu'elle voulait à tout prix « ce lit curieux ». Ils s'en allaient de par le monde, en somme, tous les morceaux de l'histoire de monsieur Reihl : habiter les misères d'autrui. Ce n'était pas un beau spectacle. Un peu comme de voir dévaliser sa maison : mais au ralenti, et le tout très bien organisé. Impassible sur sa chaise au dernier rang, monsieur Reihl prenait congé de toutes ces choses, avec la sensation curieuse qu'on lui rongeait, lentement, la vie. Il aurait aussi bien pu partir, au bout d'un moment. Mais au fond de lui il attendait quelque chose. Et ce quelque chose arriva.

— Messieurs, durant toutes ces années d'humble exercice de ma profession, jamais, avant ce jour, je n'ai eu l'honneur de mettre aux enchères...

Monsieur Reihl ferma les yeux.

— ... où la beauté des formes s'allie au génie de l'invention...

Qu'il fasse vite.

— ...véritable objet pour amateurs, témoignage précieux du progrès national...

273

Qu'il le fasse et que ce soit fini.

— ... authentique, véritable et encore parfaitement en état de marche, une locomotive.

Ça y était.

Pour se disputer Élisabeth, il y eut un baron avec un *s* chuintant insupportable et un vieux monsieur à l'air modeste et quelconque. Le baron agitait sa canne en l'air en scandant ses offres avec une solennité qui se voulait définitive. Méticuleusement, chaque fois, le vieux monsieur à l'air quelconque relevait l'offre d'un rien, provoquant une irritation visible chez le baron et son *entourage**. Les yeux de monsieur Reihl passaient de l'un à l'autre en dégustant chaque plus petite nuance de ce duel singulier. A la satisfaction évidente du commissaire-priseur, le défi ne faisait pas mine de vouloir trouver une solution. Ils auraient bien été capables de continuer pendant des heures, ces deux-là. La chose fut interrompue par la soudaine limpidité d'une voix de femme, qui résonna avec l'assurance d'un ordre et la douceur d'une prière :

— Dix mille.

Le baron sembla rendu muet par la stupeur. Le vieux monsieur à l'air quelconque baissa les yeux. Debout, au fond de la salle, une dame vêtue avec une élégance splendide répéta

— Dix mille.

Le commissaire-priseur parut s'arracher à une

* En français dans le texte *(N.d.T.)*.

fascination inexplicable. Il martela trois fois le chiffre, de façon un peu empressée, hésitant vaguement sur ce qu'il fallait faire. Puis il murmura, dans le silence général

— Adjugé.

La dame sourit, se retourna et sortit de la salle.

Monsieur Reihl ne l'avait même pas regardée. Mais il savait qu'il n'oublierait pas facilement cette voix. Il pensa : « Peut-être qu'elle s'appelle Élisabeth. Peut-être qu'elle est très belle. » Puis il ne pensa plus rien. Il resta dans la salle jusqu'à la fin, mais avec le cerveau éteint, et dans les bras d'une soudaine, très douce fatigue. Quand tout fut fini, il se leva, prit son chapeau et sa canne et se fit accompagner dehors, jusqu'à sa voiture. Il y montait quand il vit s'approcher une dame vêtue avec une élégance splendide. Elle avait le visage couvert d'une voilette. Elle lui tendit une grande enveloppe et dit

— De la part d'un de nos amis communs.

Puis elle sourit et s'en alla.

Assis dans la voiture qui avec mille secousses quittait la ville, monsieur Reihl ouvrit l'enveloppe. À l'intérieur il y avait le contrat d'acquisition d'Élisabeth. Et une petite feuille avec un seul mot écrit dessus.

Baisés.

Et une signature.

Hector Horeau.

La grande maison de monsieur Reihl est toujours là. A moitié vide mais de l'extérieur ça ne se voit pas. Il y a encore Brath, qui a épousé Mary, et il y a encore Mary qui a épousé Brath et attend un enfant qui est peut-être de Brath ou peut-être pas, quelle importance. Il y a encore monsieur Harp, qui s'occupe des champs et de faire les semis. Il n'y a plus la verrerie, comme de juste, d'ailleurs, puisque depuis des années il n'y a plus le vieil Andersson. Dans la prairie, au pied de la colline, il y a Élisabeth. On lui a enlevé tous ces rails qui étaient devant elle, on lui a juste laissé les deux qu'elle a sous les roues. Si les trains faisaient naufrage et si les chemins de fer étaient dans le ciel, elle ressemblerait à l'épave d'un train, posée sur les fonds herbeux du monde. Comme des poissons, de temps en temps, tournent autour d'elle les enfants de Quinnipak. Ils viennent du bourg, exprès, pour la voir : les grands racontent qu'elle a fait le tour du monde, et pour finir elle est arrivée ici et elle a décidé de s'y arrêter parce qu'elle était fatiguée à en mourir. Les enfants de Quinnipak tournent autour d'elle, muets comme des poissons pour ne pas la réveiller.

Le bureau de monsieur Reihl est plein de dessins : des fontaines. Un jour ou l'autre il y aura devant la maison une grande fontaine tout en verre avec l'eau qui montera et descendra au rythme de la musique. Quelle musique ?

N'importe laquelle. Et comment est-ce possible ? Tout est possible. Je n'y crois pas. Tu verras. Au milieu de tous ces dessins accrochés partout, il y a aussi une coupure de journal. Il y est écrit qu'on a tué un homme, un de ces nombreux ouvriers qui travaillent à installer les rails de la grande voie de chemin de fer qui ira jusqu'à la mer « prophétique projet, orgueil de la nation, conçu et réalisé par le fervent génie de Monsieur l'ingénieur Bonetti, officier de la Légion d'honneur, pionnier du progrès et du développement spirituel du royaume ». La police fait son enquête. La coupure est un peu jaunie. Quand il passe devant elle, monsieur Reihl n'éprouve plus ni rancune, ni remords, ni satisfaction. Plus rien.

Elles glissent, ses journées, comme des paroles d'une très ancienne liturgie. Mises sens dessus dessous par l'imagination et réordonnées par le fidèle compas du quotidien. Elles reposent immobiles sur elles-mêmes, exactement en équilibre entre souvenirs et rêves. Monsieur Reihl. De temps en temps, l'hiver surtout, il aime rester là, immobile, dans son fauteuil face à la bibliothèque, en veste d'intérieur damassée et pantoufles vertes : en velours. Il parcourt du regard, lentement, les dos des livres, devant lui : l'un après l'autre, il les parcourt, toujours au même rythme, il égrène les mots et les couleurs comme les versets d'une litanie. S'il arrive à la fin, il recommence sans se hâter. Quand il ne reconnaît plus les lettres et à grand-peine les couleurs — il sait que le soir a commencé.

2

À l'hôpital d'Abelberg — les gens le savaient — il y avait les fous. Avec la tête rasée et un uniforme à rayures grises et marron. Tragique armée de la folie. Les pires étaient dans des cages en bois. Mais il y avait aussi ceux qui se promenaient en liberté, de temps en temps on en trouvait un qui vagabondait en bas, au village, on le prenait par la main et on le ramenait là-haut, à l'hôpital. Quand ils franchissaient la grille, quelquefois ils disaient

— Merci.

Il devait y en avoir une centaine, de fous, à Abelberg. Avec un médecin et trois sœurs. Et il y avait une sorte d'assistant. C'était un homme silencieux, aux manières délicates, il avait sans doute une soixantaine d'années. Il s'était présenté là un jour, avec une petite valise.

— Croyez-vous que je pourrais rester ici ? Je peux faire beaucoup de choses et je ne serai une charge pour personne.

Le médecin ne trouva rien à y opposer. Les trois

sœurs trouvèrent qu'à sa manière, c'était un homme sympathique. Il s'installa dans l'hôpital. Avec douceur et précision il veillait aux tâches les plus diverses, comme ensorcelé par un extraordinaire renoncement à toute forme d'ambition. Il ne se refusait à rien : il se permettait seulement de décliner, avec une courtoise fermeté, toutes les invitations à sortir, fût-ce pour une heure, de l'hôpital.

— Je préfère rester ici. Vraiment.

Il se retirait dans sa chambre, chaque soir, à la même heure. Sur sa table de nuit il n'y avait pas de livres, il n'y avait pas de photographies. Personne ne l'avait jamais vu écrire ou recevoir une lettre. On aurait dit un homme venu du néant. L'indéchiffrabilité totale de son existence était juste entamée par une singulière, et non négligeable, fêlure : périodiquement on le retrouvait pelotonné dans un recoin caché de l'hôpital, le visage méconnaissable, avec une litanie sortant de sa bouche, à mi-voix. C'était une litanie faite de la répétition infatigable et chuchotée de trois syllabes.

— Au secours.

La chose se produisait deux fois, trois fois par an, pas plus. Pendant une dizaine de jours l'assistant demeurait dans un état d'inoffensive mais profonde étrangeté à l'égard de tout et de tous. Les sœurs avaient pris l'habitude, ces jours-là, de lui faire endosser l'uniforme à rayures grises et marron. Quand la crise cessait, l'assistant revenait à la normalité la plus rassurante et la plus absolue. Il enlevait l'uniforme à rayures et remettait la blouse blanche sous laquelle tous étaient habitués à le voir circuler dans l'hôpital. Il reprenait son existence où elle s'était arrêtée, comme si rien ne s'était passé.

Pendant des années, l'assistant mena avec une abnégation zélée cette existence singulière qui oscillait paisiblement sur la frontière impalpable séparant la blouse blanche et l'uniforme à rayures. Le pendule de son mystère avait cessé d'étonner et grignotait silencieusement un temps qui aurait pu tout aussi bien se révéler infini. Ce fut avec incrédulité qu'un jour, ils virent tout à coup le mécanisme s'enrayer.

L'assistant était en train de marcher dans le couloir du second étage quand ses yeux tombèrent sur quelque chose que mille fois déjà, pendant toutes ces années, ils avaient vu. Et que pourtant, en cet instant-là, ils semblèrent voir pour la première fois. C'était un homme, recroquevillé par terre, dans son uniforme à rayures grises et marron. Avec une méticulosité systématique, il divisait ses excréments en petits morceaux qu'ensuite, lentement, il glissait dans sa bouche et mastiquait, patient et imperturbable. L'assistant s'arrêta. Il s'approcha de l'homme et s'accroupit devant lui. Il se mit à le fixer, comme fasciné. L'homme ne parut même pas s'apercevoir de sa présence. Il continua sa tâche absurde mais minutieuse. Pendant de longues minutes, l'assistant resta immobile, à le fixer. Puis, presque imperceptiblement, sa voix commença à se glisser parmi les milliers de bruits de ce couloir peuplé de monstres innocents :

« Merde. Merde, merde, merde, merde. Vous êtes tous dans un lac de merde. Vous avez le cul qui pourrit dans un océan de merde. Et votre âme aussi y pourrit. Vos pensées. Tout. Une dégueulasserie grandiose, vraiment, un chef-d'œuvre de dégueulasserie. Quel spectacle. Maudits lâches. Je ne vous avais rien fait, moi. Je voulais juste vivre, moi. Mais on ne peut pas, hein ? Il faut crever, il faut rester en rang à pourrir, l'un derrière l'autre, à se dégoûter tous, et avec dignité. Crevez donc vous-mêmes, fumiers. Crevez donc. Crevez. Crevez. Crevez. Moi je vous regarderai crever, les uns après les autres, c'est tout ce que je veux maintenant, vous voir crever, et cracher sur la merde que vous êtes. Où que vous soyez cachés, puissiez-vous être bouffés par les maladies les plus affreuses, et mourir en criant de douleur sans même un chien pour s'en soucier, seuls comme des bêtes, les bêtes que vous avez été, des bêtes infâmes et obscènes. Où que tu sois, mon père, toi et l'horreur de tes paroles, toi et le scandale de ton bonheur, toi et le dégoût de ta lâcheté... que tu crèves en pleine nuit, avec la terreur qui te serre la gorge, et un mal infernal qui te ronge à l'intérieur, et la puanteur de ta trouille sur toi. Et que ta femme crève avec toi, en vomissant des blasphèmes qui lui gagneront un paradis infini de tourments. L'éternité ne lui suffira pas pour payer toutes ses fautes. Que crève tout ce que vous avez touché, toutes les choses que vous avez regardées et la moindre parole que vous avez prononcée. Que se fanent les prairies où vous avez posé vos pieds abjects, et qu'éclatent comme des vessies putrescentes tous ceux que vous avez salis de la puanteur de vos sourires. Voilà ce que je veux. Vous voir crever, vous qui m'avez donné la vie. Et avec vous tous ceux qui ensuite me l'ont reprise, goutte après goutte, cachés partout à guetter tout ce qui pouvait être mes désirs. Je suis Hector Horeau, moi, et je vous hais. Je hais votre sommeil, je hais l'orgueil avec lequel vous bercez l'abjection de vos enfants, je hais ce que vos mains pourries ont touché, je hais quand vous mettez vos habits du dimanche, je hais le fric que vous avez dans vos poches, je hais ce blasphème atroce de quand vous vous permettez de pleurer, je hais vos yeux, je hais l'obscénité de votre bon cœur, je hais les pianos qui peuplent comme des cercueils le cimetière de vos salons, je hais vos amours salement propres, je hais tout ce que vous m'avez appris, je hais la misère de vos rêves, je hais le bruit de vos chaussures neuves, je hais le moindre mot écrit par vous, je hais chaque moment où vous m'avez touché, je hais tous les instants où vous avez eu raison, je hais les madones accrochées au-dessus de vos lits, je hais le souvenir d'avoir fait l'amour avec vous, je hais vos secrets à la noix, je hais tous vos jours les plus beaux, je hais tout ce que vous m'avez volé, je hais les trains qui ne vous ont pas emmenés au loin, je hais les livres que vous avez souillés de vos regards, je hais vos faces répugnantes, je hais la sonorité de vos noms, je hais quand vous vous embrassez, je hais quand vous tapez dans vos mains, je hais ce qui vous émeut, je hais la moindre parole que vous m'avez arrachée, je hais la misère de ce que vous voyez quand vous regardez au loin, je hais la mort que vous avez semée, je hais tous les silences que vous avez déchirés, je hais votre parfum, je hais quand vous vous comprenez, je hais toutes les terres qui vous ont accueillis, et je hais le temps qui a passé sur vous. Chacune des minutes de ce temps a été un blasphème. Je méprise votre destin. Et maintenant que vous m'avez volé le mien, la seule chose qui m'importe c'est de vous savoir crevés. La douleur qui vous brisera ce sera moi, l'angoisse qui vous consumera ce sera moi, la puanteur de vos cadavres ce sera moi, les vers qui s'engraisseront sur vos carcasses ce sera moi. Et chaque fois que quelqu'un vous oubliera, là encore je serai là.

« Je voulais juste vivre, au fond.

« Fumiers. »

Ce jour-là, l'assistant passa lui-même doucement l'uniforme à rayures pour ne plus jamais l'ôter. Le pendule s'était à jamais enrayé. Durant les six années qu'il passa encore dans l'hôpital personne ne l'entendit prononcer une seule parole. Des violences infinies où s'abreuve la folie, l'assistant choisit la plus subtile et la plus inattaquable : le silence. Il mourut, une nuit d'été, le cerveau inondé de sang. Un beuglement horrible l'emporta, avec la rapacité foudroyante d'un regard.

3

Comme on a déjà pu l'observer, le destin a coutume de donner d'étranges rendez-vous. Pour dire : il était en train de prendre son bain mensuel, Pekisch, quand il entendit distinctement résonner la musique de *Petites Fleurs parfumées*. La chose pourrait en soi ne pas paraître significative : qu'on tienne cependant compte du fait que personne à ce moment-là ne la jouait, la musique de *Petites Fleurs parfumées* : ni à Quinnipak, ni ailleurs. Au sens strict du terme, cette musique, à ce moment-là, n'existait que dans la tête de Pekisch. Dégringolée de Dieu sait où.

Pekisch acheva son bain, mais la singulière, et totalement privée, exécution de *Petites Fleurs parfumées* (à quatre voix avec accompagnement au piano et à la clarinette) ne s'acheva pas pour autant. A la stupeur croissante de son auditeur unique et privilégié, elle se poursuivit durant toute la journée : à un volume mesuré, mais avec une ferme obstination. C'était un mercredi, et Pekisch devait accorder l'orgue à l'église. En réalité, il était le seul au monde capable de parvenir à accorder un instrument en ayant dans les oreilles la répétition incessante de *Petites Fleurs parfumées* : il y parvint, en effet, mais il était épuisé quand il rentra chez la veuve Abegg. Il mangea rapidement et en silence. Quand, inopinément et, en fait, sans s'en apercevoir, il se mit à siffloter entre deux bouchées, madame Abegg interrompit son habituel monologue du soir pour dire gaiement

— Je la connais, cette chanson...
— Sûrement.
— C'est *Petites Fleurs parfumées*.
— Sûrement.
— C'est une très jolie chanson, non ?
— Ça dépend.

Cette nuit-là Pekisch dormit peu et mal. Il se leva, le matin, et *Petites Fleurs parfumées* était toujours là. La clarinette n'y était plus, mais à sa place étaient arrivés deux violons et une contrebasse. Sans même s'habiller, Pekisch s'assit au piano dans l'intention de mettre ses pas dans ceux de cette exécution singulière, et le secret espoir de pouvoir l'attirer vers un joli petit final. Mais il s'aperçut aussitôt que quelque chose ne cadrait pas : il ne savait pas où placer ses mains. Lui qui était capable de reconnaître n'importe quelle note, il n'arrivait pas à comprendre dans quelle diable de tonalité pouvait bien jouer ce maudit petit orchestre enfermé dans sa tête. Il décida de procéder par essais. Il essaya dans tous les tons

possibles mais chaque fois le son du piano se révélait inexorablement faux. Il finit par se rendre.
C'était clair désormais : non seulement cette musique ne faisait pas mine de prendre fin mais elle
était faite également de notes invisibles.

— Mais qu'est-ce que c'est que cette foutue
plaisanterie ?

Pour la première fois, après tant d'années,
Pekisch se sentit à nouveau piqué par l'aiguillon
de la peur.

Petites Fleurs parfumées continua sans désempa-
rer quatre jours durant. A l'aube du cinquième,
Pekisch entendit nettement entrer dans sa tête la
mélodie, impossible à confondre, de *Cailles dans
le matin.* Il courut à la cuisine, s'assit à table sans
même dire bonjour et dit d'un ton péremptoire

— Madame Abegg, je dois vous dire quelque
chose.

Et il lui raconta tout.

La veuve resta déconcertée mais fit montre
d'une certaine propension à ne pas dramatiser.

— En tout cas, nous voilà libérés de *Petites Fleurs
parfumées.*

— Non.

— Comment non ?

— Les deux jouent en même temps.

— *Petites Fleurs parfumées* et *Cailles dans le matin* ?

— Oui. L'une par-dessus l'autre. Deux orchestres différents.

— Oh, mon Dieu !

Evidemment, personne, en dehors de Pekisch,

n'entendait le grand concert. La veuve Abegg
essaya bien, d'une manière tout expérimentale,
de poser une oreille contre la tête de Pekisch :
elle confirma qu'on n'entendait pas une seule
note. Il était entièrement à l'intérieur, le grand
boucan.

A la limite, il aurait été possible de supporter
de vivre avec dans la tête *Petites Fleurs parfumées* et
Cailles dans le matin : pour quelqu'un comme
Pekisch, du moins. Mais il faut dire que durant
les vingt jours qui suivirent vinrent s'y ajouter dans
une succession rapide et, à la fin, quasiment quotidienne : *Ah que le temps revienne, Nuits profondes,
Où es-tu douce Mary ? Compte ta paie et danse, Choux-
fleurs et Sanglots,* l'*Hymne à la Couronne* et *Même pour
tout l'or du monde, non, je ne viendrai pas.* Quand à
l'aube du vingt et unième jour se profila à l'horizon l'insupportable mélodie de *Hop, hop, mon petit
cheval,* Pekisch rendit les armes et refusa de quit-
ter son lit. Elle était en train de le secouer dans
tous les sens, cette grande et absurde symphonie.
Elle était en train de le boire jour après jour, de
le frire bel et bien. La veuve Abegg restait pendant
des heures assise près de son lit, sans savoir quoi
faire. Les gens passaient, un peu tout le monde,
lui rendre visite, mais personne ne savait quoi
dire. Il y en a tellement, des maladies, mais celle-
là, diable, qu'est-ce que ça pouvait être ? Il n'y a
pas de médecines pour les maladies qui n'existent
pas.

D'une certaine manière, la musique lui avait

explosé dans la tête, à Pekisch. Il n'y avait plus rien à faire. On ne peut pas vivre avec quinze orchestres qui jouent à fond, toute la sainte journée, enfermés à triple tour dans la tête. Tu n'arrives plus à dormir, tu n'arrives plus à parler, à manger, à rire. Tu n'arrives plus à rien. Tu es là et tu essaies de tenir le coup. Que pourrais-tu faire d'autre ? Pekisch était là, et il essayait de tenir le coup.

Puis, une nuit, il se produisit que Pekisch se leva et, avec une fatigue infinie, tituba jusqu'à la chambre de la veuve Abegg. Il ouvrit doucement la porte, s'approcha du lit et s'étendit à côté d'elle. Il y avait un sacrément grand silence, tout autour d'eux. Pour tout le monde, sauf pour lui. Il parla doucement, mais elle l'entendit :

— Ils commencent à jouer faux. Ils sont cuits. Ils sont bel et bien cuits.

Elle aurait voulu lui répondre un tas de choses, la veuve Abegg. Mais quand il te vient cette folle envie de pleurer, que ça te tord vraiment de partout, que tu n'arrives pas à arrêter ça, alors il n'y a pas moyen de dire un seul mot, plus rien ne veut sortir, tout te revient dans l'autre sens, à l'intérieur, englouti par ces damnés sanglots, naufragé dans le silence de ces larmes stupides. Malédiction. On aurait des tas de choses à dire... Et rien, rien qui arrive à sortir. Peut-on être plus mal fabriqué que ça ?

A l'enterrement de Pekisch, avec une certaine logique, les gens de Quinnipak décidèrent de ne pas jouer une seule note. Dans un silence merveilleux, la caisse de bois traversa le bourg et monta jusqu'au cimetière, portée sur les épaules de l'octave la plus basse de l'humanophone. « Que la terre te soit légère, comme tu l'as été pour elle », récita le père Obry. Et la terre répondit : « Qu'il en soit ainsi. »

4

... Et c'est ainsi que, page après page, elle arriva à la dernière. Elle ne lisait pas vite.

A ses côtés, une femme très vieille regardait devant elle avec des yeux d'aveugle et écoutait.

Elle lut les dernières lignes.

Elle lut le dernier mot.

Et le dernier mot était : Amérique.

Silence.

— Continue, Jun. Tu veux bien ?

Jun leva les yeux du livre. Devant elle il y avait des kilomètres de collines puis des rochers puis la mer puis une plage puis des forêts et encore des forêts puis une longue plaine puis une route puis Quinnipak puis la maison de monsieur Reihl et dedans monsieur Reihl.

Elle ferma le livre.

Elle le retourna.

Elle le rouvrit à la première page et dit

— Oui.

Sans tristesse, cependant. Il faut se l'imaginer dit sans tristesse.

— Oui.

... wenn ein Glückliches fällt.

Sept

Transatlantique *Atlas*
14 février 1922

L ES premières fois le capitaine Abegg enlevait son uniforme, et on faisait l'amour. Il me croisait sur le pont, il me souriait et je descendais dans la cabine. Quelques instants plus tard, il arrivait. Quand nous avions fini, quelquefois il restait. Il me parlait de lui. Il me demandait si j'avais besoin de quelque chose. Maintenant c'est différent. Il entre et ne se déshabille même plus. Il enfile sa main sous mes vêtements, pour s'exciter, puis il me fait asseoir sur le lit et il ouvre son pantalon. Il reste là debout devant moi. Il se masturbe et ensuite il me la met dans la bouche. Ce ne serait pas aussi dégoûtant si au moins il se taisait. Mais lui, il faut qu'il parle. Elle lui devient toute molle s'il ne parle pas. « Tu aimes ça, hein, espèce de pute ? Alors suce-la, chienne dégoûtante, enfonce-toi-la dans la gorge, allez, puisque ça te fait jouir, espèce de pute. » Qui sait quel intérêt

ça peut avoir de traiter de pute la femme qui est
en train de te faire un pompier. Ça veut dire quoi ?
Je le sais bien que je suis une pute. Il y a des tas
de manières pour traverser l'océan sans payer son
billet. Moi j'ai choisi de sucer la bite du capitaine
Charlus Abegg. Donnant, donnant. Lui, il a mon
corps, moi j'ai une cabine sur son maudit bateau.
Tôt ou tard on arrivera et tout ça sera terminé.
Cette saloperie de merde. Il finit par venir. Il fait
des espèces de rugissements ridicules et il me rem-
plit la bouche de sperme. Ça a un goût affreux.
Celui de Tool était différent. Il avait un bon goût,
le sien. D'ailleurs lui il m'aimait, et puis c'était
Tool. Après ça je me lève et je vais tout cracher
dans les toilettes, en essayant de ne pas vomir.
Quelquefois, quand je reviens, le capitaine est
déjà parti. Alors je me dis « C'est fini, pour cette
fois c'est fini », je me pelotonne dans le lit et je
vais à Quinnipak. C'est Tool qui m'a appris ce
truc-là. Aller à Quinnipak, dormir à Quinnipak,
se sauver à Quinnipak. Des fois je lui demandais
« Où étais-tu, tout le monde te cherchait ? ». Et il
me disait « J'ai fait un saut à Quinnipak. » C'est
une espèce de jeu. Ça sert quand la saloperie te
colle trop à la peau, et que tu n'arrives pas à t'en
débarrasser. Alors tu te pelotonnes quelque part,
tu fermes les yeux et tu commences à t'inventer
des histoires. Ce qui te vient. Mais tu dois faire ça
bien. Avec tous les détails. Et ce que les gens
disent, et les couleurs, et les sons. Tout. Et petit à
petit, la saloperie, elle s'en va. Après elle revient,

c'est sûr, mais en attendant tu l'as piégée. La première fois qu'ils l'ont chopé, Tool, ils l'ont
emmené en prison dans un fourgon. Il y avait une
petite fenêtre. Il en avait peur, Tool, de la prison.
Il regardait dehors et il avait l'impression qu'il
allait mourir. Ils sont passés à un carrefour et sur
le bord de la route il y avait une flèche qui indi-
quait la direction pour un village. C'est là que
Tool a lu ce nom : Quinnipak. Pour un type qui
part en prison, voir une flèche qui t'emmène ailleurs, ça doit être comme regarder l'infini en face.
Peu importe ce qu'il y avait là-bas, de toute façon
c'était la vie, et pas la prison. Si bien que ce nom
lui est resté collé dans la tête. Quand il est sorti il
avait changé de visage. Il avait vieilli. Mais je l'avais
attendu. Je lui ai dit que je l'aimais comme avant
et qu'on allait tout recommencer de zéro. Mais ce
n'était pas facile de se sortir de tout ce merdier.
La misère s'accrochait à toi, elle ne te lâchait pas
de l'œil un instant. On avait pratiquement grandi
ensemble, Tool et moi, dans cette saloperie de
quartier merveilleux. Quand on était petits, on
habitait à côté l'un de l'autre. On s'était fabriqué
un long tube en carton et le soir on se penchait
à la fenêtre et on se parlait dedans : on se racontait nos secrets. Quand on n'en avait pas, on s'en
inventait. C'était notre monde, quoi. Depuis toujours. Une fois sorti de prison, Tool est allé travailler sur un chantier un peu spécial : ils
installaient des rails pour le chemin de fer. Un
drôle de truc. Moi je travaillais au bazar, chez

Andersson. Puis le vieux est mort, et tout est allé de mal en pis. C'est ridicule, mais ce que j'aurais bien aimé faire c'est chanter. J'ai une belle voix. J'aurais pu chanter dans un chœur, ou dans un de ces endroits où les gens riches boivent et passent la soirée à fumer des cigarettes. Mais il n'y avait pas de choses de ce genre chez nous. Tool disait que son grand-père était maître de musique. Et qu'il avait inventé des instruments qui n'existaient pas avant. Mais je ne sais pas si c'était vrai. Il était mort, son grand-père. Je ne l'avais jamais connu. Tool non plus. Tool disait aussi qu'un jour il serait riche et qu'il m'emmènerait en train, jusqu'à la mer, voir les bateaux qui partent. Mais rien ne changeait et tout continuait pareil. Des fois c'était affreux. Alors on se tirait à Quinnipak, mais même ça, ça ne marchait plus. Tool était de plus en plus mal. Il lui venait une tête à faire peur. C'était comme s'il détestait le monde entier. Pourtant il était beau, de tête. Moi je suis allée travailler dans le quartier des riches. J'étais cuisinière chez un type qui se faisait un tas d'argent dans les assurances. Une sacrée saloperie là encore. Il me collait ses mains partout, sous les yeux de sa femme. Avec sa femme là, devant, incroyable. Mais je ne pouvais pas partir. Ils payaient. Ils payaient bien, même. Et puis un jour est mort un type qui s'appelait Marius Jobbard : et ils ont dit que c'était Tool qui l'avait tué. Quand la police est arrivée, Tool était avec moi. Ils l'ont pris et ils l'ont emmené. Il m'a regardée et il m'a dit deux

choses : Tu es trop belle pour tout ça. Et puis : On
se retrouvera à Quinnipak. Je sais pas si c'était
vraiment lui qui l'avait tué. Je le lui ai jamais
demandé. Quelle importance ça avait ? De toute
façon le juge a décidé que c'était lui. Quand ils
l'ont condamné, ils ont même mis la nouvelle sur
le journal. Je m'en souviens parce que, juste à
côté, ils parlaient d'une énorme bâtisse en verre,
je ne sais plus où, qui avait complètement brûlé,
la nuit d'avant. Et je m'étais dit : tout a vraiment
décidé de partir en fumée, aujourd'hui. De partir
en merde. Tool, je l'ai revu quelques fois. Je suis
allée le voir en prison. Et puis j'en ai été incapable. Il n'était plus le même. Il restait tout le temps
sans rien dire, et il me fixait. Il me fixait comme
hypnotisé. Il avait des yeux magnifiques, Tool.
Mais il me faisait peur à me regarder comme ça.
Je ne suis plus arrivée à y retourner. Je le cher-
chais, de temps en temps, à Quinnipak, mais
même là je ne le retrouvais plus. C'était fini.
C'était vraiment fini. Et c'est comme ça que j'ai
décidé de partir. Dieu sait où j'ai pris la force de
faire ça. Mais un jour j'ai rempli une valise et je
suis partie. Le capitaine Abegg, c'est une amie à
moi qui me l'avait fait rencontrer. Il disait que de
l'autre côté de l'océan tout était différent. Alors
je suis partie. Mon père n'a rien dit. Ma mère
pleurait, c'est tout. Il y a juste Elena qui m'a
accompagnée jusqu'au bout de la rue. Elena, c'est
une petite fille, elle a huit ans. « Pourquoi tu te
sauves ? » elle m'a demandé. « Je ne sais pas. Je

ne le sais pas, Elena, pourquoi je me sauve. Mais je le comprendrai. Petit à petit, jour après jour, je le comprendrai. » « Tu me le diras après, quand tu l'auras compris ? » « Oui. Je te le dirai. Où que je sois, même si je suis très loin, je prendrai une plume et une feuille, une plume et mille feuilles, et je t'écrirai, petite Elena, et je te dirai pourquoi il arrive que, dans la vie, pour finir, on se sauve. Promis. »

Il paraît qu'on arrive dans trois jours. Encore trois pompiers et je serai de l'autre côté de l'océan. Qui sait comment elle est, cette terre de là-bas ? Des fois je suis sûre que là-bas ce sera le bonheur. D'autres fois, rien que d'y penser, il me vient une tristesse dingue. Va y comprendre quelque chose. J'en ai beaucoup vu, mais il y a deux choses qui ont réussi à me coller autant d'envie et autant de peur dans le même moment.

Le sourire de Tool, quand Tool était là.

Et maintenant l'Amérique.

Table

« LES GRANDES TRADUCTIONS »
(dernières parutions)

ALESSANDRO BARICCO
Châteaux de la colère
(Prix Médicis Étranger, 1995)
Soie
traduits de l'italien par Françoise Brun

JANE URQUHART
La Foudre et le Sable
traduit de l'anglais (Canada) par Anne Rabinovitch

GIUSEPPE PONTIGGIA
Vie des hommes non illustres
traduit de l'italien par François Bouchard

ELIAS CANETTI
Le Collier de mouches
traduit de l'allemand par Walter Weideli

EDGAR HILSENRATH
Le Retour au pays de Jossel Wassermann
traduit de l'allemand par Christian Richard

VICTOR EROFEEV
Le Jugement dernier
traduit du russe par Wladimir Berelovitch
Les Fleurs du mal russe
(Anthologie de la nouvelle littérature russe)

GUIDO CERONETTI
Un voyage en Italie
traduit de l'italien par André Maugé

*La composition de cet ouvrage
a été réalisée par l'**Imprimerie Bussière**,
l'impression et le brochage ont été effectués
sur presse Cameron
par **Bussière Camedan Imprimeries**
à Saint-Amand-Montrond (Cher),
pour le compte des Éditions Albin Michel.*

*Achevé d'imprimer en mai 1998.
N° d'édition : 17603. N° d'impression : 982832/1.
Dépôt légal : mai 1998.*